泥棒たち／黒い湖のほとりで

デーア・ローアー
三輪玲子＋村瀬民子［訳］

論創社

GOETHE INSTITUT

This translation was sponsored by Goethe-Institut.

目次

泥棒たち

Diebe

三輪玲子訳

登場人物

フィン・トマソン
リンダ・トマソン　フィンの姉（妹）
エルヴィン・トマソン　フィンとリンダの父親
トーマス・トマソン　フィン・トマソンの一家と親戚関係はない
モニカ・トマソン
（トーマスとモニカの子供）
シュミット氏（ゲルハルト）
シュミット夫人（イーダ）
ヨーゼフ・エアバルメン
ミラ・ハルベ
ガービ・ノヴォトニー
ライナー・マハチェク
イーラ・ダヴィドフ

時は現在、場所は都市の周辺部。

一　目覚め　1

（フィン。）

もう起き上がれないだろう。今日も別の日も。今朝目を開けたとき、彼にはそれがわかった。頭の左後ろにある目覚まし時計のアラーム。鳴ったまま放っておくと、そのうち静けさに押し戻され、もう一度警告音が大きく鳴り出してやっと体を動かした。腕を伸ばして停止ボタンを指だけで探った。そして腕を布団の上に戻すと、再びそのまま。

二　狼

（リンダ。）

リンダは狼を見た。
帰ったら誰かに話したい、
でも誰もいない。お隣さんはいるけど、

お隣さんに電話してみる、出ない。
リンダは譲らない、狼を見た。
クッションを三つきちんと並べ、カップを三つテーブルに置き
灰皿をひとつ、まるで彼女にいるかもしれない
家族のためであるかのように。親として
煙草は控えるようにしなければいけない、いつも
おもちゃの自動車がそこらに転がっている。聞いて、彼女は言う、
今朝早くね、あなたの寝てた時間、彼女は向かい側に座っている
いない夫に言う、変圧器小屋まで行ったの、
変圧器小屋って、この上のほうの、前は
ハーグから来た農家の畑だったところ。
配線のはんだ付けしようとして、始めたら……
早くも夫に遮られる、彼は
正確に知りたいのだ、畑って、
森の、川の近くの、君が……
君が雷に打たれたとこか。
そうよ、リンダは答える、まさにそこだったの、おかしな偶然。
彼女は中指で、その感覚のない指先で、
中指の磁気を帯びた指先で、木のテーブルをコツコツたたく。

じゃあ続けていい。……どうぞ。
何か聞こえたわけでもなく、ただなんとなく、見上げたら、
動物が、こんな動物、ものすごく大きな動物が
突然いたの、五十メートルか、そこまではないか。
子供、彼女の隣に座っているいない子供は、
びっくりするだろう、リンダは子供の目をしっかり見つめる。
綺麗だった、想像を絶して綺麗だった、
灰色で、霧氷がついて、毛皮にきらきらの水晶がついて。
二人とも、夫も子供も、彼女に不信の目を向け
互いに疑いのまなざしを交わす。
そう、ありえない、全然ありえないわよ、
でもどうしようもないでしょ、現実にそうだったんだから、私が
ここにあなたたちと座ってるのと同じくらい本当、だから
そうそう、氷、毛皮の氷の結晶のきらめきが
狼をいっそうありえなく見せてたの。
耳を動かしてあくびして、さっきまで畑で寝てて
ちょうど起きてきたとこかもね、
メルヘンでしょ、鳥肌でしょ。
ありえないよ、自分で言ってるだけだろ、

夫はそう思い、
君の錯覚だろ。
シェパードでも、逃げ込んだか、街のハスキー犬の、
ちょっとしたバカンスか。
リンダは、狼は見ればわかる、
そうよ、見ればいつでもわかる。
でもどこでどこで、彼女は詰め寄られる、子供に、
どこでわかるの狼って。
想像してみて、どんなふうにそういう動物が、
狼みたいな動物があんたを見つめるか、リンダは、迫力満々、興味津々。
落ち着いてなんかいられない。
あんなすごい目
ペットじゃありえない。
間。彼女はひと呼吸する。
あんなすごい目
ペットじゃありえない。
夫は黙っている。うろたえている。どうしろと、
リンダの言うとおりだとして。喜べばいいのか
喜ばないほうがいいのか。

狼の出現は始まり、再出発のしるしか
それとも別れ、衰えか。
夫、彼女はライナーと呼んでいる、
この夫は軽く小馬鹿にしているようで、
彼女は時々無性に
カチンとくるけど、まあいいや、
街の人たちは猪も、
タカやテンやイタチだって飼いならしてる、だったら、
狼もふらっと寄り道するんじゃないの
街へ行く途中で。
リンダはどうする、鼻に皺すら寄せない。
静寂。ライナーはギブアップ。
届けないとな、
役所に。助けを求めないと。
静寂。それで、狼は何をしたんだ、
ライナーはついに動物を名指しする。
うん、狼なにしたの、無邪気
子供は、完全に無邪気。
夫の名はライナー、子供の名は

無邪気。
リンダは言う、速足で駆けてった。キューネの建物の方。
道を知ってるな、そんなふうに見えた。とリンダは言う。
彼女は手を伸ばす、その手には
マグネットの指、小さな赤い金属製の
おもちゃの自動車をテーブルの上に走らせる、遠隔操作で、
指の動きだけで。
行ってまた戻って。子供は喜ぶ。
彼らは考える。キューネの建物は空き家になっている。
あの倉庫の中に姿を消した。
リンダは口に出して言う。
狼は群れで行動する。そうよね。

三　目覚め　2

（フィン。）

もう起き上がれないだろう。もう起き上がって歩き回ってドアを出て降りて行って玄

関の外に出て生活することはない。今日も別の日も。今朝目を開けると、彼にはそれがわかる。頭の左後ろにある目覚まし時計のアラーム。鳴ったまま放っておくと、そのうち静けさに押し戻され、もう一度警告音が大きく鳴り出してやっと体を動かす。腕を伸ばして停止ボタンを指だけで探る。そして腕を布団の上に戻すと、再びそのまま。

彼は動かない、目だけがあちこち見回している。青い半透明のカーテン、木枠の窓、塗り直さないといけない、金属製の黒い椅子、プラスチック製の電灯カバー、ズボン、靴、靴下、ベッド前の床の汚れたスカーフ、記号だらけの白みがかった黄色の壁。名前、番号、伝言。

どうでもいい。

彼の目は閉じる。

どうでもいい。

四　展望　1

（モニカ。トーマス。）

モニカ　彼が言うには、来年は私の番だって。（間）再来年には、遅くとも。……一、二年後、私に順番がまわってくる。

トーマス　今年はないんだ。

モニカ　来年。たぶん。

トーマス　もし確実なら。

モニカ　ほんとにほんと、確実。（間）一、二年後、当てにしてていいみたい。……ご主人に話してくださって結構ですよ、って言われたの。

トーマス　言われたのか。

（沈黙）

モニカ　来年でなきゃ、再来年。（間）それは確実。……ほんとにほんと。

（間）

モニカ　彼は私にリストを見せたの、わかる。

トーマス　どんなリスト。

モニカ　名前が載ってる。読めなかったけど、全部黒く塗りつぶされてたから。でもページの一番上に私の名前がくっきり、モニカ・トマソンって、あとは、下まで、全部真っ黒。でも一番上が私、私の名前。で、彼は言うの、御覧なさい、御覧なさいって、あなたはリストの一番目です……この一番上、モニカ・トマソン、横に十字のチェックが付いてますって。鉤印じゃない、鉤印のチェックは処理済み。でも私のとこにはなかった、私のとこに鉤印はなかった。（間）それに、こうも言われた、トマソンさん、私たち二人にはこれから若干の計画があるんです。

トーマス　シャボン玉。

モニカ　何それ……

トーマス　うさんくさい話だろ。（間）まいったな。

モニカ　当然、引っ越していただかなければなりません、って。

トーマス　ああ。見えすいてる。

モニカ　転居がお嫌でなければいいのですが、って。

トーマス　だから、シャボン玉。

モニカ　そう言うんだもの。本気で言うのよ。だから……真面目な話。

トーマス　なあモニカ、どこに行くんだ。この辺だってどこも店じまいだ。……外国って話か。聞いてみたのか。外国かフンスリュック[1]か。

モニカ　外国語ができると有利みたい。そう言ってた。

トーマス　有利、そうか。……じゃあ外国だ。外国で君が必要なんだ、外国のスーパーに。自社系列のスーパーがあるのか、どうなんだ、自社の社員がスーパーの店長になる自社系列のスーパーが。こっちのスーパーの店長は必要ないだろ。

モニカ　違った、ごめん、そういう言い方じゃなかった。彼が言ってたのは、必須。外国語が必須。そう言ってた。……英語はお得意ですか。って言ってた。……あるいは何かエキゾチックな方面にお強いとか。正確に言うとそうだった。ですが、トマソンさん、

トーマス　最終的に決めるのはあなたです。言葉の勉強、のことね。……最終的に、って言い方好きみたい。これに関しては、っていうのも。この日の最後に、っていうのもよく言う。……最終的に決めるのはあなたです。

モニカ　シャボンの泡のごとし。……霧の路面凍結のごとし。……うん。それだ。浮かれロバの氷上ダンス。(2)

トーマス　何よそれ……

モニカ　調子にのってると足元すくわれる。

トーマス　違った、そうじゃなかった。英語はお得意ですか。あるいは何かエキゾチックな方面にお強いとか。たとえば、オランダ語とか、って。そう言ったのよ。

トーマス　真に受けてるのか……。

（沈黙）

トーマス　なんでオランダなんだ。いつからオランダでドイツ人のスーパー店長が必要になったんだ。

モニカ　ライバル会社に目をつけてるらしい。買収だって。そうなったらこっちの人間を使うみたい、信用できるから。

（間）

トーマス　なんで君にそんな約束するんだ。……なんで。わからないな。それにどうして君に…

モニカ　……
トーマス　前からのプランだって。
モニカ　何か裏があるだろ。わからないな。何だか知らないが、何か裏がある。
トーマス　見たの。名前が載ったリストのページを見たのよ、この、両目で。全部黒く塗りつぶされてたの、ほかの人は……
モニカ　全部黒く塗りつぶされてたなら、どうやってわかるんだ……
トーマス　皆が皆なんとかなるわけじゃないのよ、わかるでしょ。
モニカ　モニカ・トマソンの名前はあった。
モニカ　モニカ・トマソンの名前はあった。

（沈黙）

モニカ　やってける。私たち二人はやってける、きっと。

（沈黙）

トーマス　我慢強いもんな、俺たち。
モニカ　我慢を学んだもの、私たち。

（二人は笑う、控えめに、というより気まずそうに。）

モニカ　我慢はけっこう長かった。けっこうな長さ。

（沈黙）

トーマス　いいことは……

モニカ　ああ、いいこともあるわね……

トーマス　いいことは、彼が最後に君を選ばなかったとして、失うものが多いわけじゃない。君の希望がちょっとだけ。それだけだ。

（沈黙）

トーマス　せっぱつまってるわけじゃない。だろ。

（間）

モニカ　ええ。

（間）

トーマス　そうだよ。……全然せっぱつまってない。

（沈黙）

トーマス　君が最後に昇進しなかったとしても、ほとんど何も起こらなかったようなものだ。ほとんど何も。

（沈黙）

トーマス　ちょっと時間が過ぎただけだ。
モニカ　認めてもらえてるといいな。
トーマス　ああ、そうだといいな。

五　痕跡　1

（シュミット氏。シュミット夫人。）

シュミット氏　また来たんじゃないか。

（間）

シュミット氏　聞いてるか。
シュミット夫人　何のこと。
シュミット氏　また来たんだ。痕跡が残ってる。

（間）

シュミット氏　わかってるだろ、何のことか。外へ来てみろ、見せてやる。
シュミット夫人　今じゃなくても。
シュミット氏　痕跡が残ってる。あれは、動物だな。（間）毎回痕跡を残していく。
シュミット夫人　よかった、ただの動物で、無害で、迷い込んだだけの。
シュミット氏　垣根が押し破られて、枝がぽっきり折れてる、芝が丸く踏みつぶされてる、あちこち、探りまわって窪みをつくろうとして、寝床を踏み固めて、もぐりこんでゴロゴロ転がって丸まってたんじゃないか、後ろ足の間に鼻づらを押し込んで、尻尾の下に隠れるように、尻の穴の近くまで、目は閉じてるが、眠っていても警戒は解かない。朝露が降りる前に、目を覚まし、毛繕いして出かけるんだ、獲物をとりに。……いつ戻ってくるかは、わからない。
シュミット夫人　どんな動物なの。
シュミット氏　獰猛なやつじゃない。何も荒らしてない。
シュミット夫人　痕跡は残してる。
シュミット氏　何か聞こえるか。
シュミット夫人　今。
シュミット氏　動物がいるなら、何か聞こえるだろ。動物の音が聞こえるか。
シュミット夫人　いいえ。
シュミット氏　物音はしない。（間）物静かな動物。泥棒みたいな動物だ。
シュミット夫人　やって来て去っていく。痕跡だけが残っている。

シュミット氏　見たことはない。
シュミット夫人　でも、ここにいることは知っている、ここに来たことは知らなくても。痕跡を残していくから。（間）私たちに知らせるべきよね、ここに来たことを。
シュミット氏　動物は私たちのことなど考えない。
シュミット夫人　動物は私たちに知らせたいのよ、来たいときに来れるってこと。私たちの近くに。（間）利口な動物ね。

（間）

シュミット夫人　耳を澄まして。物音はしない。何も壊してない。動物は私たちに何を望んでるのかしら。
シュミット氏　うちの庭で泊まっていく。
シュミット夫人　私たちが眠ってるあいだに、動物が来て、私たちの近くに寝そべって同じように眠る。
シュミット氏　私たちが眠ってるあいだに。
シュミット夫人　まさか眠ってないんじゃ。私たちが眠ってるあいだ、動物は眠らない。私たちが眠ってないあいだは、動物も眠らない。
シュミット氏　そして五時に起きて仕事に行く。
シュミット夫人　私たちが仕事に行く前に。
シュミット氏　お互い顔を合わせないように。私たちの後に来て前に行く。利口な動物だ。

シュミット夫人　そうやって私たちの視界から消えているのね、そしてこうやって存在した痕跡を残す。ニワトコの木の下の芝の窪みに眠りのぬくもりを残す。そこにいたことを私たちに知らせるために。

シュミット氏　芝の窪みはまだ息を放っている。動物はニワトコの木の下から私たちに向かって息を放っている。

（沈黙）

シュミット夫人　何を考えてるの。

シュミット氏　わからない、そいつが何をたくらんでるのか。

シュミット夫人　私たちを観察してるのよ。ここにいて、いなくなって、またやって来て。私たちを観察してる、都合のいい時に。

シュミット氏　自分の垣根、自分の垣根の穴、自分の家、自分の庭、自分の芝に自分のニワトコだと思って。

シュミット夫人　両目を私たちに向け、私たちを手に入れようと。

シュミット氏　私たちに何か言いたげに。

シュミット夫人　私たちに何か言いたげに。

シュミット氏　でも何も言わない。何も盗まない。やって来て、ここにいて、いなくなる。都合のいい状況で。

シュミット夫人　その次は何をするの。肉親を連れてくるかしら、子供たち、おじさん、おばさん、一族全部。

シュミット氏　私たちに何をたくらんでるんだ。

シュミット夫人　駆除しないと。……どう思う。

シュミット氏　利口な動物だ。

六　夢　1

（リンダ。モニカ。）

リンダはスーパーへ行く。
リンダは夢を見ている。
彼女は子牛のあばら肉を買う、三人分、
豚ひき肉も、三人分。
店長が通りかかる、同じく
ミセス・トマソン、同じ名字。彼女たちはそれを知っている、
リンダがネームプレートに気がついて以来、
お互いに微笑みをかわす、
たいていはうわべだけ。でも今回、

リンダはあのことを言い出さずにはいられない。
何度も狼を見たの、
それも昼間、明るいところで、
これはいい兆候よ。
だって、隠れたりしないの、
暗闇にひそむ野獣なんかじゃない、
背後から子羊を襲って食いちぎるような。
二人は大声で笑う。
そう、人間に慣れてるみたい、
人間のそばにいることに、もともと、たとえば、
人のにおいが嫌じゃないっていうか、狼が。
もうひとりのミセス・トマソンは何か聞いたことがあるかしら
自然保護区の計画のこと……ない……、
バイオスフィア……野生公園……、ない……。
温泉浴場はたぶん取り壊される、そうなるらしい、
私は仕事を失う。
いいえ、源泉はそのままある。
水浴を楽しめる、格別な。
天然のプールだもの。せき止められた。

飲み水としては無理ね、硫黄分が多すぎる。
温泉浴場は老朽化で採算が取れない。
温泉浴場は風前のともしび
色々プール施設があるなかで。あとにできるものは、儲かる。
一般に受けるという意味で。
スーパーの店長は興味があるのかそういうふりをしているだけか、
サラミを計っているあいだ、例外的に個人的に、
そういうあなたなら。そういうことなら、わからないけど、
もしかしたら仕事で手を広げられるかもしれませんね、
狼の管理を請け負って。
私もずっとこのままというわけじゃないし、
外国に行こうかなと思って、具体的には、オランダに。
リンダのマグネットの指は釣銭と戯れる、
コインを宙に撥ね上げて、得意げに、
また落ちていく瞬間をキャッチする、明るい展望ね。
そしてリンダ。もう行くわ、がんばってくださいね、さよなら。
そしてリンダ。狼なんて、想像できる、これってすごい。でしょ。
そしてリンダ。そうそう、狼は群れで行動するの。
つまり、条件が普通なら。

そしてモニカ、笑いながら。明るい展望ね。

七　目覚め　3

（フィン。）


彼らはドアのベルを鳴らした。

誰なのか、知らないし知りたくもなかった。

誰か、一人ではなかった。聞こえたのは複数の声、会話の断片。足音、踵を返して行ったり来たり。

彼らは隣のドアのベルも鳴らした。

誰なんだ。誰ならありえる。誰が彼に会いたがってるんだ。

彼はしばらく考えた。

彼らは隣のドアのベルも鳴らした。

結局は彼と何の関係もなかった、ただの電気か携帯電話の営業の二人組み。

彼らはもう一度ベルを鳴らした、今度は短くためらいがちに。

誰が来るというのだ、彼のことを気にかけて。
誰かがいつかこのドアをこじ開けるだろうか、彼の行方が知れないという理由で。
彼はしばらく考えた。

八　予約

（ミラ。ガービ。）

ミラ　明日行く。
ガービ　本気。
ミラ　超本気。明日やってもらう。

（間）

ガービ　予約は。
ミラ　九時四十五分。

（間）

ガービ　まだちょっとは余裕あるんでしょ。ねぇ。
ミラ　二週間。
ガービ　ほら。（間）まだ考えられる。

（沈黙）

ミラ　ダメ。もう決まったの。

（間）

ガービ　まだ若いんだし。
ミラ　そうよ。子持ちになれっての。
ガービ　無理に止めないけど。

（間）

ガービ　ちょっとおせっかいで言ってみてるだけ。
ミラ　わかってる。

（沈黙）

ガービ　まだ付き合ってんの。
ミラ　ぼちぼち。

ガービ　ってことは。
ミラ　まだ決まってない。

(間)

ガービ　あっちはどうしたいの。
ミラ　まあ厄介払いしたいんじゃない。
ガービ　そっか。……厄介なのは出てってもらいたいんだ。
ミラ　逆、入っててもらいたいって。具入りのパンがいいって。

(間)

ミラ　なんか、ヘンな人なんだ。

(間)

ガービ　その人って。
ミラ　ヨーゼフっていうの。

(間)

ミラ　なんか、ヘンな人。
あたしから子供がいなくなると彼もいなくなる。

ガービ　だからか。別れたいんだ。

ミラ　まあ、あたしの人生から彼を剥ぎ取っちゃえればだけどね、あとくされなしで……

（笑う）

（沈黙）

ミラ　逆、引き止めておきたいの、好きなんだもん。
ここ……ヨーゼフ……お尻の上に彫ってもらいたてのホヤホヤ、まだカサブタあるでしょ。

（間）

見える……
誰でも見れるように、誰でも読めるように、字が読める人なら。
それとここ……見て、ここ……、腰骨の付け根のとこに、こんどはエアバルメンってタトゥー入れてもらうんだ。ヨーゼフの傷が治ったら、エアバルメンを入れてもらう。

ガービ　エアバルメン[3]……

ミラ　名字。
ヨーゼフ・エアバルメンっていうの。

（沈黙）

ミラ　ヘンでしょ。

（沈黙）

ガービ　稼ぎあるの、家族養えるくらい。

ミラ　もちろん。（間）葬儀屋さん。

（沈黙）

ガービ　何て言ったらいいか。

ミラ　手でわかる。すごく柔らかいの。

ガービ　誰の役に立つんだか。

（間）

ミラ　仕事に愛着あるんだ。好きでやるんじゃなきゃ、悲しくなるじゃない。……あんたんとこみたいに感じのいい仕事じゃないけど、ブティックは誰だってできるもん。

ガービ　そうね。あんたでも勉強すればできるかもね。

（沈黙）

ガービ　愛してるのは彼で彼の子じゃないわけね……

ミラ　あたしたちの子、あたしたちのもの、ねえ、二人いないとだめでしょ、あたしたち共同のものでないと。

ガービ　そうよ。あんたたちの子をあんたは愛さないの……

ミラ　だって今は言えない……その子を知らないし。すごくヤな子かもしれないし、今んとこひとかたまりの卵白でしかないし。……わかんないもん、どうなるか。

（沈黙）

ガービ　まあゴミのかたまりになるんじゃない。明日の十時には。

ミラ　ほっといて。

九　展望 2

（トーマス。モニカ。）

トーマス　オランダ語はそんなに難しくないんじゃないか。なあ。オランダ語は難しくないよ。聞いてるかぎり……

モニカ　まだ決まったわけじゃないし。

トーマス　だから聞いてるかぎり、前のお隣さん覚えてる、キャンプ場の、オランダ語ってむしろ……

モニカ　思い出せない。

トーマス　覚えてるだろ、むしろ方言みたいな響きだよな。違うか。なんていうか……北ドイツ方言みたいな。そうだろ。
モニカ　わからないわ。

（沈黙）

モニカ　まだしばらく先よ。再来年。もしかしたら。
トーマス　オランダ語勉強しといて、損はないだろ。一年後には二言三言覚えられる。

（間）

トーマス　一日一語習えば、一年三百六十五語。……一日二語なら、約七百語。……それで基本語彙だ。

（間）

トーマス　やれるよ、モニカ。（間）俺もオランダ語勉強するかな、夜。君が通信で高卒めざすのと一緒に……捨てたもんじゃない。机にかじりついて二人で猛勉強だ、お互い独学で、どうだ。……やれるだろう、モニカ。

（沈黙）

トーマス　そうなったら、引っ越しだよな俺たち……たとえば……アムステルダム、とかな、そこで支店を任されるんだろ。
モニカ　ええ、でも。そこまで正確にわからないし。
トーマス　子供は覚えるの早いからな。七、八歳は外国語習うにはちょうどいい。理想的な年齢だ。外国の環境に入ればひとりでに実践的に身についてく。
モニカ　そこまで正確にわからないし。
トーマス　通信制ならどこだって高卒の資格が取れる。通信制ならオランダでも高卒までいける。どこだって、何の心配もない。……全然ない。心配なしってことだ。
モニカ　何なの……
トーマス　君ならやれるよ。

（間）

トーマス　こっちは外国へ転勤というわけにいかないから。わかってるだろ。国内勤務は国内勤務。
モニカ　国境。もしかして国境の近くに転勤させてもらえたら。

（間）

モニカ　言ってみたら。
トーマス　言ってみるかな。
モニカ　私からあなたの上司に話そうか。そうしようか……

トーマス　君が……それはやめといてくれ。
モニカ　話してみる。
トーマス　モニカ……
モニカ　何よ……

（間）

モニカ　アーヘンなら国境でしょ。たとえば。
トーマス　もういいよ。
モニカ　アーヘンでなきゃ……
トーマス　もういいよ。……言ってみるよ。

（沈黙）

モニカ　家族と過ごす時間はあんまりなくなっちゃうわね。

（沈黙）

トーマス　ヤツが言ったのか……
モニカ　まあね。きっとやってけるわよ。私には勉強する時間が必要だし。あなただってエゴイスティックになっていいし。
トーマス　彼が言ったのか……

モニカ　私。

（間）

モニカ　たぶん……まず一人でオランダへ引っ越すと思う。そうしないといけない。たぶん。（間）あなたたちはあとから来るの。いつか。

（沈黙）

モニカ　それも彼が言ってた。何事も円滑に。これも口癖だけど。何事も円滑に、って言ってた。（間）あなたの番です。……時間の問題です。

（間）

トーマス　彼が言ったんだな。

（間）

トーマス　君は嬉しくないのか。

（沈黙）

トーマス　俺は嬉しいよ。

十　日曜日　1

（エルヴィン。リンダ。）

エルヴィン　散歩に出てた、散歩に出てたんだ、外にいた、どんよりした空気のなかで体を動かして……。それから顔を洗った、空からたくさん塵が降ってくる。眼鏡をかけてないんで、誰だか、彼だか……（リンダの顔を手で触れて探り）……これはどっちの子供だ……

リンダ　毎月第四日曜は、さて誰でしょう。

エルヴィン　ああ　おまえか。リンダか。そうか。

（沈黙）

エルヴィン　眼鏡を忘れたんだ。だがわかるよ、おまえがどんな風に見えるか。

リンダ　いいかげん手術受けてよね。白内障なんて散歩みたいなもんだから、今時。局所麻酔で、手術台に十分ぐらい、上のモニターで、自分の目が切開されて縫合されるの、見てるうちに、あっという間、夕方には部屋のベッドに戻れるんだから。散歩でしょ。

エルヴィン　そんなもんか。そんなすぐに。そんな簡単に。

リンダ　本当にそんなもんなんだから。診てもらって。

エルヴィン　あおむけになって、自分の目を見ているんだな、自分の目がやけにきちょうめんに切れ目を入れられるのを、見ているんだな……見ているだけで痛くない……

リンダ　盲腸のほうがたいへんだって。

エルヴィン　すばらしい、リンダ、すばらしいぞ。易しい手術だ、ばかみたいに、そうだろ、素人も見よう見まねでやれる。すばらしいじゃないか。

リンダ　白内障は治るの。

エルヴィン　白濁のムクドリ[4]は撃ち落とされ、翼をもがれ、羽をむしられ、首をひねって殺される。何もかも簡単、そのあいだは見ているだけ、痛くもなんともない。

リンダ　まあ、激闘ってほどのもんじゃないことはたしかね……型どおりのもんだし。

エルヴィン　その白濁のムクドリの散歩を私がするのか。私がそれを。面会者も付き添っていいのか。聞いてみるか。おまえ立ち会って、鏡の中の拡大された私の目を覗いてみたいか、私の目がメスで切断されるのを、見たいか……

（沈黙）

エルヴィン　おまえがここに入居するよう説得したんじゃないか。頼む、一度この廊下を行って戻って老人連中をよく見てくれ。私が知らないとでも思ってるのか。朝食の時間にはもう白内障話が聞こえてくる、それもあちこちから。白内障ではじまるんだ。毎朝。どうってことないものだからな。だんだんに重い手術を並べ立てて、昼食どきにはむきだしの心臓の修理にかかる、バイパスを三本通し、壊死した肝臓の移植、プラチナの人工股関節、頭蓋を貫いて脳出血をスパッと切除。これでフルコースだ、既往症はスープを飲みながら、デザートにはリハビリ。

（沈黙）

エルヴィン　もう三キロ減った。おまえは気づかなくても。……普通の話がしたい。前みたいに。（間）天気の話。星の話。雲。天気の変わり具合は、ゆっくりだ、記録してるんだよ、毎日。普通の話がしたい普通の事を。天気の記録だって役に立つかもしれんじゃないか、誰かのために、そうだろ。（間）いつか天気は人間の手で管理される、完全に。（間）誰かが私の望遠鏡を盗んだ。（間）盗まれた。知らないうちになくなってる。誰かが天体望遠鏡を私の部屋から私から取り上げたんだ、リンダ、これはとんでもない話だぞ。なくなってるんだ。

リンダ　うっかりしてたんでしょ。

エルヴィン　ふん。うっかりだと。うっかりにも動機はある。証明はできないが、予想はつく、誰がやったか。わざと。誰が私の興味をぶちこわそうとしてるのか、わかるさ。連中は好まないんだ、ここで人それぞれの関心事に取り組むことを。自立した考えを持つことを。連中は好まない。恐れている。ひとり部屋で何か研究するのを。そして頭の中であれこれ巡らすことを、連中は好まない。だからドアはいつでも開けっ放しでなければならない。共同体に加わらなければならない、連中が好むのは、その一員となること、らしい。何につけ他人と一緒にやらなければならない。あの白内障手術を受けた精神障害者どもと一緒に。あの認知症患者どもと。だが私は言いなりにならんぞ。手なずけられてたまるか。一員になどなってたまるか。望遠鏡のことなど一言も言っとらんのに、今まで、ただの一言も。おまえにだけだ。おまえにそそのかされてここへ来たんだ、おまえには望遠鏡の真実を知っておいてもらわねば。職員は私と一言も口をきかない、一言も。連中に思われたくないんだ、望遠鏡が私の唯一の生きるすべだなどと、この環境から逃れる手段はほかにもある、そのために遠大な宇宙が必要なわけじゃない、役に立つかもしれんが、必要じゃない。
つらいよ、白状するが、望遠鏡がなくなってつらい、そいつの居場所がわからないのがつらい。連れ去られてしまった、どこへいったか、わからんが、平静を保っているんだ。（間）
望遠鏡のことを言うたびに、満面の悲しみだ。まだ完全な記憶喪失ではない同居人のひとりが、望遠鏡を覗かせてもらえないかと尋ねてくるたびに、苦しい言い訳を考えるんだ。

リンダ　単に自分が忘れっぽくなったってことなんじゃないの……

エルヴィン　なんじゃないかって……

リンダ　自分が忘れっぽくなって望遠鏡をどっかに片付けたんじゃないかって。

エルヴィン　じゃないかって……

リンダ　そうよ、お父さんじゃないの……

エルヴィン　じゃない。

リンダ　じゃない。
エルヴィン　私じゃないのか、何を言うんだ……
リンダ　そうよ、そうじゃないの……
エルヴィン　いや、そうじゃない。
リンダ　そんなんじゃない。
エルヴィン　そんなんじゃない。

（間）

リンダ　やっぱりそうだったんじゃないの。
エルヴィン　そうだったんじゃない。
リンダ　どうもおかしいと思う、誰だっていうの。
エルヴィン　ああ……だがそれは言わない。私は言わない。（間）なあ、おまえは日曜のたびに私に話すんだが、第四日曜ごとに、ここへ来ると、同じことを。毎回同じことを。面会のたびに。朝食の白内障みたいに、リンダの日曜の面会は朝食の白内障みたいに食えない話だ。

（間）

エルヴィン　人参みたいに食えない。
リンダ　なにそれ。

エルヴィン　おまえの日曜の面会……おまえの日曜の面会は人参みたいに食えない。

（沈黙）

エルヴィン　ずっとおかしいと思ってたんだが、なんでまたいとも簡単に保険が売れるのか。とにかく信じられんよ、目の前に突き出されたものは何でも買う。そこではたと気がついた、人は事故や損害に遭ったときのために保険に入るんじゃない……本当は逆だ、まさかの事故が起こらないように保険に入る。そういうことだ。それは私の大きな喜びだった、保険の証券を売りはするが、実際は、その人の人生に何も悪いことが降りかからないであろうという確信をプレゼントする。正直、それにまさる望みなどありえん……。

リンダ　フィンの話はしたくない。

エルヴィン　もちろん天災は別として。天災が現実に起こったら、原則、保険も無力だが、たいていの事故は結局は人為的なミスに原因がある。

リンダ　フィンの話はしたくない。

エルヴィン　誰がフィンの話をした。フィンて誰だ……

リンダ　お父さんが話をそらしたんでしょ。フィンはお父さんのことなんて忘れてる。フィンは私たちのことなんか忘れてる。

エルヴィン　おまえが来るたびに、憂鬱になる。鬱病のようになる。おまえを見るたびに、朝食の白内障がこみ上げてくる。おまえを晴れやかにしてやりたいよ、おまえのどうしょうもない雨降り顔を。誰がおまえの兄弟の話をした。何かあいつから連絡があったか、どこにいるんだか……

（間）

リンダ　狼を見たの、この前。（間）温泉浴場のすぐ近くで。森から、畑のほうへ出てきて、私に感づいて、止まった。

エルヴィン　ふん。

リンダ　そうなの、想像してみて、本物の狼。

（間）

エルヴィン　（ほとんど寝入りそうになって）それは興味深い。……狼、違うだろう。ここら辺はときどき猪が出る。どこかに写真があるぞ。

リンダ　届け出たの。何度も見かけたから。だから届けたの。環境課に。こういう事案に対応するところに。

（間）

リンダ　温泉浴場は廃業になると思う。遅かれ早かれ。もうからないってこと。営業不振。従業員が私一人なんて、冗談みたい。どうやって一人で全部修理しろっていうの。整備しろっていうの。（間）温泉浴場は廃業になると思う、今年中にも。

リンダ　ねえ、もしこの辺に狼が住み着いて、永住したら、そしたら私に全然違う可能性が開けてくるの。

（間）

（エルヴィンは眠り込む。リンダは夢を見る。）

十一　夢2

（リンダ。）

自然保護区が生まれる、
国立公園、バイオスフィア。
狼ははじまりにすぎない、そのうち熊がやってくる、
希少なイヌワシ、アナグマ、ビーバーも生息するようになる、
カワウソだって。ヘラジカだけは気をつけないと、
繁殖しすぎてそこから
食料問題が起きる。

観光客がやってくる。はじめは原生林、
次に動物、その次に観光客。
蝉が鳴いて、泉が湧いて、
皆に食べ物があって。
最後には指定を受ける
特別区域として、そして何かのヨーロッパ賞を受賞する
その魅力で。
ひとつはっきりしてるのは、私がここにいること、はじめから、
リンダは、最初のバイオスフィア狼を見た。
ライナーはここで働く、ライナーは戻ってくる、
彼の仕事がここにあるから、何の仕事か、
ライナーは全区域の監視人。
野生公園、それが彼のライフワーク、
彼のそして私の。
ライナーはもう熟知している
絶滅危惧種について、彼は勉強している
独学で。彼は
ブレーム[5]の『野生動物事典』スタンダード・エディションを買った、
ＤＶＤで、それと『クロコダイル・ダンディー』の全シリーズ。

新しい服を買い込んだ、アウトドアのオンライン・ショップで、
つばが反抗的にそそり立った
監視人帽もかぶる。
彼はがっかりしている、装飾と迷彩を兼ねた
蛇皮が、百パーセントポリエステルだということに。
でもそれがなんだ、ライナーは言う、全部本物ってわけにはいかないさ。
はじめからすぐに。

十二　痕跡　2

（シュミット氏。シュミット夫人。）

シュミット氏　動物を待つんだ。
シュミット夫人　外で。
シュミット氏　この家の中で。窓の内側で。
シュミット夫人　それで。
シュミット氏　おまえはそこ、私はここ。動物を待つんだ。
シュミット夫人　それで。動物と話すつもり……。

シュミット氏　動物を見るんだ。友好的に決して……。決して……。
シュミット夫人　恐怖心をもたず……。
シュミット氏　暴力を。暴力をふるわず。動物を見るんだ。ここから。窓の内側で。簡単なことだ。二つの目で、二つの目で、二つの目で。

（沈黙）

シュミット夫人　それで。
シュミット氏　そうすれば動物にわかる、私たちが見ていることが。
シュミット夫人　動物を観察するのね。
シュミット氏　そんなことはしない。私たちは動物じゃない。動物を見るんだ。私たちはここに居て窓越しに視線をやる。もし私たちの視線の先に何か、動物のように思われるものが現れたら、私たちの目をしばらくそこにとどめるとしよう。それが暇な時間の過ごし方だ。人間にふさわしい。

（沈黙）

シュミット夫人　どれくらい待つの。
シュミット氏　動物を見るまでだ。
シュミット夫人　毎晩。
シュミット氏　動物を見るまでだ。

シュミット夫人　私たちいつ眠るの。
シュミット氏　動物を見たらだ。
（彼らは待つ。何も起こらない。シュミット氏は外へ出て、見回す。）
シュミット氏　（戻ってくる、煙草の吸い殻を持っている）見ろ、こんなものを見つけた。
シュミット夫人　どこで。
シュミット氏　そこで。
シュミット夫人　その動物は煙草を吸うのね……。
（フィン。）

十三　目覚め　4

先週彼が生きるために食べたもの。
鶏肉煮込み（内容量八〇〇グラム）三缶
ケーニヒスベルク風ミートボール（内容量四〇〇グラム）二缶
マジック・アジア・インスタントヌードル（乾燥重量一二五グラム）三袋
マジック・アジア・インスタントヌードルの一袋はすでに開封されていて、賞味期限が切れていた、カビは生えていないが、すっぱい臭いがする。
食パン一袋
彼はそのあと二日間何も食べなかった。
彼は睡眠薬を飲む（ナルディール、一錠五ミリグラム、処方箋なしで薬局で買える）。
それもそのうちに効かなくなって、一時間おきに飛び起きる。

彼は電話番号を壁に書きつける、覚えているかぎり全部。国番号、市外局番、名前と住所。勤務先の番号、自宅の番号、携帯の番号、営業時間。

彼は被保険者の証券番号を壁に書きつける、覚えているかぎり全員。保険の種類、契約日、保険金額。かつて保険金が請求され、支払った場合の、補償範囲。支払わない場合は、満了時の支払い額を高く見積もる。

彼は人の名前を壁に書きつける、身近なあるいは人生のある時点で身近だった人々。友達や恋人と呼びうる人々。愛したあるいはまだ愛していた人々。かつてこよなく愛情を注いだ人々。彼らの誕生日を壁に書きつける、そしてもしあれば、死亡年月日も。
彼は壁に書きつける、いつ友情が壊れ、あるいはいつ愛が忘れられたか。
彼は日付を壁に書きつける、年を、季節を、そして原因を……僕に嘘をついた、車を貸したのに返さなかった、ただの一度もおごってくれたことがない、ソファに焦げ跡を残す、全身の毛穴から煙草の臭いがする、踊りに行かずにだらだら喋ってばかりいる、子供の文句ばかり聞かされる、いつも約束に遅れてくるくせに来たら帰らない、互いに理解できない、互いに話すことが何もない、説明できないんだけど、ただ君とはもう会いたくない、いや、何でもない、何でもないんだ、僕は疲れてるだけ、疲れてるんだ、疲れてるんだ、疲れてるんだ……

十四　毎晩

（トーマス。モニカ。〈子供。〉）

モニカはスーパーでフルタイムで働く、
そのかたわら通信教育、高卒資格めざし。
郵送とコンピューターを介し。
毎晩机に向かって課題に取り組み、
根を詰める、このためにブロードバンドを引かなければならなかった、
彼女がこだわった、早く進むように、何事も。
それでも、勉強には相当な時間がかかるだろう、彼は危惧する

夜ごと、彼女はモニターを見つめる、
そのあいだ彼はテレビの前、子供が寝付くとすぐに、
なかなか寝付けずに髪はぐっしょり、彼にわかればいいのだが
なぜなのか、教室で何かうまくいってないのか、
どこへいくのか子供は、毎朝スクールバスに乗って、
聞かれると、黙る、これじゃ
どうしたらいいんだ、彼は冷蔵庫に行く、彼女は忘れている
缶ビールを入れるのを、彼はコップを取り、
冷凍庫の製氷皿の氷を割る、生温かいアルミニウム、
パキッと音を立て、ぬるい滴が飛び散る、泡が手をつたって流れる、
彼はプルタブを指で排水口にはじき飛ばす、
それでも、勉強には相当な時間がかかるだろう、彼は危惧する
夜ごと、彼女はモニターを見つめる、
そのあいだ彼はテレビの前、せめて三十分ぐらい
寝る前に通りをぶらぶらと、彼は彼女を引っぱり出す、
彼は彼女に手をのばし、彼女も彼の手を取り
頭をそらすと、空が
こんな夜に一度だけでも晴れてくれればいいのに、よりによってまた
散歩のときにすっかり曇ってしまう、遠くで

街が青白い光の傘の下にある、
約束された前途などない、今話していることは、だから全然
ロマンチックじゃない。

十五　疑問　1

（ミラ。ヨーゼフ。）

ミラ　もうその話はした。
ヨーゼフ　何で無理なんだ。
ミラ　何で無理か。もう話はした。何で無理か。
ヨーゼフ　じゃあ何なら無理がないんだ。
ミラ　かんべんして。

（間）

ヨーゼフ　母さんがちょっとは金を残してくれた。僕が何か新しいことを始められるように。もしかしたら。別の仕事。生きることにかかわる仕事、死ぬことじゃなく。死者とか、葬式とかじゃなく。そのほうが無理がないなら。

ミラ　すごい笑える。あたしは彼を見て言う、あなたの歳で……。（間）彼はしょんぼりと、うなだれる……悲しくなるよ。ああ、と彼、そうかそうか……

ヨーゼフ　歳か。

ミラ　……それは思った。

ヨーゼフ　だと思った。

ミラ　ねえ、勘違いしてない、歳じゃなくて、歳の差だから。……（間）……彼は表情を崩さない。

ヨーゼフ　僕にはどうにもできない。

ミラ　あたしにもどうにもできない。……彼は煙草を一本吸う。あたしが元気づけなきゃいけないわけ。もう、冗談だってば。

ヨーゼフ　僕は君を愛さない、君が未成年だから。僕はそのままの君を愛してる。君が年上でも変わらない。

ミラ　はいはい。

ヨーゼフ　本物は変わらない。

ミラ　証明するのは難しい、でしょ。……（間）もうこれ以上白髪増やさなくていいんじゃない、これ冗談ね……歳の差なんてほんとはどうでもいいんだ。

ヨーゼフ　何が原因なんだ。何で無理なんだ。

ミラ　彼はまた苦闘する。

（沈黙）

ミラ　言ったでしょ、ほかに理由なんてない。あたしの心の中どれだけひっかき回したって、ほかの理由なんて出てこないから。あたし知らないの、お父さんが誰か。なんで子供なんか持てるの、自分が知らないのに、自分がどこから来たか。

ヨーゼフ　君が僕たちの子供を持ちたくないと言い張ることはできないよ、子供のおじいちゃんを知らないってだけで……

ミラ　あたしは自分を知らない、それが問題。うちにいるパパは、本物じゃない、本物が誰か、あたしたちは知らない。あたしはそこを乗り越えられない。（間）ママにしてみても簡単だったわけじゃない、長いことがんばって試してたんだけど、本当のパパじゃないパパと、そのあとドナーのパパでもすごい長いことがんばって試したの、提供された噴出物で、ママがそう呼ぶんだけど。その話になるとママはいつもそう、それを口に出さなきゃ、ってなると、妙にわざとらしく、提供された噴出物、って言う、提供された噴出物。だからあたしは提供された噴出物の成果、それでも十回ぐらいはかかったって、一回じゃうまくいかなくて。

（沈黙）

ヨーゼフ　うん。……その話は前もしてたな。

ミラ　ふん。……ヤなかんじ。

（沈黙）

ミラ　なんなの……。何回聞きたいの。

（間）

ヨーゼフ　言ったよな、本当のお父さん見つけてやるって。そうすれば落ち着ける。

ミラ　で……なんかわかった。なんか成果は。

（沈黙）

ミラ　ほらね。それであたしに聞くわけ、何で無理なのか。成果なしじゃ無理でしょ。たとえば。

ヨーゼフ　まだ観察中だ。

ミラ　まあ見るだけじゃお父さんわかんないもんね。

ヨーゼフ　抜かりはない。……痕跡を探ってるんだ。見込みはある。ちょっとの辛抱だ。

ミラ　痕跡だの辛抱だのもう十回は軽口たたいてるんですけど。ご親切に。それでなんか起こるの。もうすぐなんか起こったりするの。

（間）

ミラ　ママはね……そいつのこと知らないわけ、どんな見た目で、どんな臭いで、食べものは何が好きか、知らない。スーツ着てるのか、ハゲ気味なのか、バス酔いするのか、キレやすいのか。そいつの欠点を嫌いになることさえできない。あたしだってできない。

（間）

たかが精液。それ以上のなんでもない。ただの精液。診療所のオナニー・ブースで採られる液状の精子。

どっかのサイテーの医学生がなんかサイテーのオッパイ雑誌パラパラめくってなんかサイテーのプラコップにゲボってしてビニール手袋はめたどっかのサイテーの女助手が凍結させるんだよ。

ヨーゼフ　君を理解できないわけじゃない。

ミラ　感動。

ヨーゼフ　だけど……。想像してみな、ついにそれがわかるときを、髪は父さんから、皮膚は母さんから、悪い歯並びも父さんから、とかなんとか。そんなくだらないこと……

ミラ　何が言いたいの。

ヨーゼフ　何の役に立つんだ。（間）父親が誰かわかっても、かかわりを持ちたくないかもしれないだろ。

ミラ　それはあたしが決める、その時が来たら。（間）こうやって見てるとね、通りを、三十五歳以上なら実際誰でも可能性あるんだよね。……あなただって、お父さんの可能性ある。ぞっとするけど。

ヨーゼフ　ないよ。

ミラ　確信あるの。どこにも精液ばらまいてない……。タダであげたとか……。寄付したとか……。

ヨーゼフ　僕も痕跡を残してきた、でもどこに痕跡を残したかは、わかってる。

ミラ　確信あるの……。

ヨーゼフ　ミラ……まあいい。

(間)

ミラ　そして彼は言う、あたしのヨーゼフ・エアバルメンは、もう一度言う、抜かりはない。似てるところはある、抜かりはない。彼はマフィアかなんかなのか。彼に抜かりはない。でもまともに聞いてられない。もうちょっと時間をくれ、と彼は言う、辛抱強いヨーゼフは、でもあたしには時間がない。全然。病院の予約を取りにいく。
(間)
堕ろそうと思ってた。その日が来て、九時四十五分、起きて、シャワーして、服を着て、カバンを持って、玄関に行く……
(間)
……だけどそのあとも家にいた。……ソファーに座って午前中ずっとそのまま。何を考えてたのか覚えてない。

十六　二人で

（ガービ。ライナー〈チェキ〉。）

私たちは家を見に行った。もちろん希望者はほかにも一五〇人ぐらいいて、だから実際は家を見るなんてできなかった、押し合いへし合いで。私たちはずいぶん長居した、ほかに誰もいなくなるまで、まだ一組、浴室で仲介業者とやりとりしていて……私たちたちは想像してみた、どうだろうもし。もしここに住んだら、二人で。（間）もちろんフェイク、ただの遊びで。それはわかっていた。

突然チェキは窓辺に行って、外を見る、そんな彼を見たことがなかった、感傷的なまなざし、たったいま外へ飛び出して車に轢かれたペットに目を落とすように……、彼は言う。

――人生って案外すばらしいものかもしれない。

私は、本当に、わからなかった、何て言ったらいいのか。彼は真剣だった。私は現実的に考えるタイプだから。彼の肩をポンと叩いたりはしなかったけど。言ってみる。

――うん。……そうかもね。……そうなんじゃない。

返事はない。立ちつくしたまま、なんかちょっと宙ぶらりん。私はイタタと思う、彼に何かある。何かあったんだ。

——ねえ、そうだよ……。

私は、すごく慎重に、羽毛に触れるように言う。

——すばらしいよ、人生って。……私を見て。ほら、笑って……。

（間）

反応ゼロ。頭も上げない。ゆゆしき事態だった。ふと頭に浮かんだ、私、ガービが枕だったらいいのに、すごく柔らかい綿毛の枕、彼を説き伏せて、私に、この枕に頭をのせて休ませてあげられたらいいのに、そうすればすべて、すべてうまくいく。

——チェキ、じゃあもうちょっとがんばらないとね、人生をすばらしいと思うために。

——生きるために。

——うん。生きるために。がんばって。

——足らない。僕のがんばりじゃ足らない。十分じゃないんだ。

私は考え込んだ。

——人生なんて、言葉を習うようなもんよ。読むとか。泳ぐとか。

——泳げない。

——じゃあ車の運転。

（間）

——わからない、どうなるのか。

——チェキ、誰だってできる。誰だって習える。本当に誰でも。そこまでバカな人いないから。
これはまずいなと思った、言ってしまったあとで、本当にまずいなと。つまりこれ、
——誰だって習える。本当に誰でも。そこまでバカな人いないから。（間）人生なん
てショッキングなくらい簡単。（間）人生を愛さなきゃ。……
私の性分は変えられない、それが私に思いついた、最高の言葉だった。ライナーは、
すごく疲れてるんだ、と言う、すごく疲れてるんだ。
そのときまた枕が思い浮かんだ、私は彼に腕をまわして、家まで送っていった。そし
て彼に軽い睡眠薬を飲ませた、多分そんなもの全然必要なかったのに。

十七　日曜日　2

（リンダ。エルヴィン。）

リンダ　温泉浴場は廃業になる、今年中にも。（間）そしたらお父さんにも全然違う可能性が
開けてくるのよ。

エルヴィン　興味深い。可能性だと。

リンダ　たとえば、野生公園でね、たとえば、気象観測に詳しい人が、つねに必要でしょ、予
測できない空を眺めたり、天体望遠鏡を使って、たとえばだけど。

（沈黙）

エルヴィン　今、うとうとしかけたか。
リンダ　うん、たぶん。
エルヴィン　夢を見たんだな。リンダ、おまえはいつも夢ばかり見る。
リンダ　だから。
エルヴィン　何かやってみなけりゃだめだ。
リンダ　何が言いたいの。
エルヴィン　バス、そうだ、バスの本数が減らされた。
リンダ　それで。
エルヴィン　見合わない、と言うんだ。この路線は足りない。乗客数がこの路線は足りない。私らではもうからないと。街へ出るのはたったの週二回、街へ出るバスはたったの週二回だぞ。ここは人類滅亡間近の惑星なのか。どうやってここから脱け出したらいいんだ……
リンダ　どこへ行きたいの……
エルヴィン　ここじゃないどこかへ、時々はな。（間）おまえの兄弟のところ、たとえばだが。

（沈黙）

エルヴィン　おまえの兄弟だ。……どうして顔を見せない。

（沈黙）

エルヴィン　どうして顔を見せない。保険会社で働いてるんだろ。だったら安心だ。そうだろ。だったら一生何の不安もない。公務員と大差ない。これ以上不安のない業界などない。

リンダ　どこに住んでるのかも、わからないのよ。

エルヴィン　でも見つけられるだろう、その気になれば。

リンダ　あっちがその気になればね。フィンが私たちに見つけられたいと望むなら、それならありえる。……あいつは私たちと会いたくないの、お父さん、つきあいたくないのよ。

エルヴィン　保険会社はつきあいが命だろうが。おつきあいこそ肝心かなめ……

リンダ　仕事の上では、まあね……

エルヴィン　いや、人間同士としてだ。仕事と私事のつきあいを分けてむやみに束ねようとするのは、早まったやり方だ。（間）知りたいんだ、あいつがどうしてるのか。何をしてるのか、どうやって生きてるのか。あいつの顔をもう一度見たい……

リンダ　私を見て。瓜二つでしょ。あっちは男ってだけで。

エルヴィン　昔はそうだったかもしれんが。今はな。ずいぶん時間が経った、ずいぶんな時間が。……フィンを首尾よく見つけてくれたら、白内障の手術を受けようじゃないか。おまえのために。

（沈黙）

エルヴィン　何かあったということだ。……聞いてるのか。

（沈黙）

エルヴィン　昨日シュタープラーが死んだ。一年先でもなく、もしやということもなく、昨日あったことだ。蝉が鳴いていたな。見たんだよ。眼鏡で。

リンダ　シュタープラーって私は知らないけど。

エルヴィン　覚えてるだろ、シュタープラー将軍、向かいの部屋の。……死に際にクソをたれてた。死が訪れる、その瞬間、差し込み便器に今一度けたたましく。この目で見たんだ、見ざるをえなかった、連中はドアを開けっ放す。いつものことだ。（間）白目をむいていた。

（沈黙）

エルヴィン　手を振ってやったよ。……ああ、本当だ。別れに手を振ってやった。

（沈黙）

エルヴィン　一緒に泳ぎに行ったな。夏は。今年の夏も。ブリュッケン通りの屋外プールで。まだバスが通ってたんだ。……九月が最後だった。九月に最後に屋外プールへ行った。私はレーンで泳いだ、二十回はいくぞ、ああ本当だ、二十回。でなきゃ十五回。よくわからん。十回でいつも数えるのを止めてしまうんだ。十回はトレーニング、それ以上は浪費。……あっちは立ち泳ぎばかりしていたよ、将軍は。小さいプールで立ち泳ぎ。……それでわかった、どこか悪いんだと。

（沈黙）

エルヴィン　別れに手を振ってやったんだ。

（沈黙）

エルヴィン　あっちは気づいてなかったが。それはどうでもいい。（間）アデューと呼びかけた。アデュー将軍、老いぼれ便器。（笑って、愉快そうに）アデュー老いぼれ便器。うまくあの世へ滑り落ちろよ。

（エルヴィンは笑う。）

（リンダも一緒に笑う。）

（静寂。エルヴィンは再びうとうとしている様子。）

（リンダは出て行く。）

（静寂）

エルヴィン　おまえが私をここから連れ出してくれなければ。頼む……

息子よ……
私を連れて行ってくれ……
私を連れて行ってくれ……

十八 目覚め 5

（フィン。）

彼は何も買い物をしていなかった。壁の棚は空っぽ、二つの容器も。

彼は財布を取り中身をテーブルの上にぶちまけた。コインしかない。天板の上で一枚ずつ離していった、縁が触れ合わないように、数えるわけではなく。そのなかに小さな薄いセント硬貨があった、汚れとたくさんの手に触れた汗で黒ずんでいる、ずっしりした硬貨、錆びた真鍮のように見える、それと、いつまでも腐食しない、金色に縁取られた銀色にきらめく硬貨。

彼は何も買い物をしていなかった。彼はざっと見積もった、目の前の机に置かれた総額それで何が手に入るか。米五〇〇グラムは買える、フィルターコーヒー一パック、豆一缶。それで二、三日はなんとかなる、四日いけるかも、小食に慣れてきた今なら。彼は想像した、降りて行ってスーパーへ向かう自分を。階段で太ももの筋肉がピクピクし始めるだろう、玄関の扉を開ける前に、気持ち悪い息が胸郭を下っていくだろう、通りへ出れば、昼の光で卒倒するだろう、もう一度誰かに話しかけるまでもなく。

彼はグラス一杯の水道水を飲んだ。彼はざっと見積もった、目の前の机に置かれた総額それで何が手に入るだろうか。米五〇〇グラムは買えるだろう、フィルターコーヒー一パック、豆一缶。水が体の中でゴボゴボいった。彼は決断した、これで明日はもつだろう。彼はグラス一杯の水道水を飲んだ。そしてあさっても。きっとあさっても。

十九　四十三年間

（交番。トーマス。イーラ。）

イーラ　私は寝てたんです。

トーマス　それは何曜日でした。

イーラ　水曜日の夕方。水曜日の午後だったかしら。ベッドには入らずに。椅子に座ったまま、

トーマス　眠ってしまったんです。小さな肘掛け椅子があって、その椅子で眠ってしまったんです。目が覚めたら、何時間も経っていて。

イーラ　夜だったんですね。

トーマス　薄明るくなっていて、朝だったんです、四時半ぐらい。鳥の声が聞こえて。起きてまわりを見回しました。私ひとりでした。

イーラ　驚きませんでしたか。

トーマス　いいえ。

（沈黙。イーラは何か口ずさむ。）

イーラ　いいえ。……鳥の歌を聞いてました。窓を開けて。外は寒かった。でも窓を開け放って、それが好きで、その寒さが好きで、だんだんとはりつめてくる皮膚が好きなんです、焼けるようで、冷たく焼けるようで。（間）私は窓を開けてベッドに横になりました、ようやく。

トーマス　眠るためですか。

イーラ　ええ。私ひとりでしたから。

（沈黙）

イーラ　ええ。そういうことだったんです。私は眠ってしまって、眠っているうちに、あの人は出て行ったんです。

トーマス　心配になったのはいつからですか。
イーラ　心配になったのはいつからか。……それはよく考えてみないと。

（間）

トーマス　メモを残していかれませんでしたか……
イーラ　残していく……。死んでるかもしれないと、お考えなの……
トーマス　そこに置いてありませんでしたか、あなたのところに……
イーラ　ありません。
トーマス　メモもなく、伝言もなく、何か走り書きのようなものも……
イーラ　ありません。……ありません。……あの人が私に弁解する必要なんてありませんから、ホテルの部屋を出て行くときに。
トーマス　出て行くときはそうかもしれませんが、意図があるときですね、もう二度と戻らないと。
イーラ　どうして二度と戻りたくないなんて……
トーマス　それは……考えがあって、どこか別の場所のほうがいいだろうと、ご本人にとって。もっと大きな展望があって。
イーラ　私を侮辱しないでくださる。（間）あの人に何かあったのかもしれないと、私は考えてるんです。

トーマス　（間。イーラは何か口ずさむ。）

イーラ　お二人とも知らない街で、旅行中、ホテルに宿泊中。なぜご主人はひとりで出て行かれたんでしょう、コートも羽織らず、鞄も持たずに部屋を、あなたに知らせもせずに。散歩に行きたかったのよ。私は眠ってしまいあの人は散歩に行きたかった。あなたは散歩に行きたいとき、奥さんを起こすかしら。

（沈黙）

イーラ　答えてくださる。

トーマス　わかりません。知らない街ならたぶんきっと。そうします。知らない街なら妻を起こすでしょう。もしくは妻と一緒でなければ行かないでしょう。もしくはメモを置いていくでしょう。……おそらく妻と一緒でなければ行きません。

イーラ　思ったとおり。私たちはあなたがたみたいな夫婦じゃないのよ。こういうこと、こういう小さなことでは、私たちはお互いの独立性を大事にするの。（間）あやしいわね、あなたみたいな人に助けてもらえるのかしら。ほかに同僚はいないの。

トーマス　いいえ、いいえ、同僚はいません。……知らない環境で日暮れどきにコートもジャケットも羽織らず鞄も持たずにあなたがたお二人で泊まっていたホテルの部屋を出て行く、それが小さなことだと。

イーラ　だから今説明したでしょ。そうよ、それが小さなこと。

トーマス　じゃあ大きなことって何ですか。ご主人があなたに知らせたであろうことって。

イーラ　国境を越えたとか。外国へ。そう、外国へ行くつもりだったとしたら、私を起こしたんじゃないかしら。それはあると思うわ。それだったら……まあでも、本当に大きなことじゃないわね、中くらいのことではあるけど。

トーマス　お金は持って出られたんですか。

イーラ　さあねぇ。調べたわけじゃないから、何かなくなってるか。お金は持っていったとは、思うわよ。そんな馬鹿じゃないわ。お金も持たずにホテルから出て行く人がいますか。

トーマス　ご主人に何かあったのかもしれないと、思われたんですね。

イーラ　ええ、金目当ての強盗にあったとか。

トーマス　わかりました、ご本人の特徴、状況は伺いましたので……ご主人が見つかれば、お知らせします。

イーラ　それだけ。

トーマス　それだけです

イーラ　何をしてくれるっていうの……。何かしてくれるの……夫を探してくれるの……

トーマス　行方不明者として公開されます、これから。

（間）

イーラ　行方不明者として公開。（笑う）
（歌う）……gracias doy a la desgracia

y a la mano con puñal
porque me mató tan mal,
y seguí cantando, cantando(6)
……

トーマス　私ここから出て行きませんから。
イーラ　ダヴィドフさん……
トーマス　ここから出て行きません。待ちます、あなたが夫を見つけてくださるまで。
イーラ　ホテルにお泊りなんでしょう。
トーマス　ええ、滞在中でした。それも同じ部屋に。
イーラ　どうぞお引取りください、テレビでもつけて、気分転換されたらいかがです。いいですか、この前の水曜日から三日経っています……もしかしたらあなたのおっしゃる通りかもしれません。ご主人は散歩に出かけた。ボートに乗って、川下りをして、途中で眠ってしまった、あなたと同じように、知らない街で、別の港で目が覚めて、場所を確認しなければならず、明日には戻ってくると。
トーマス　からかってるの。おかしなこと言って。
イーラ　ご自分でおっしゃったんですよ、小さなことだと。コートも羽織らず知らせもせず冒険の散歩に出かけるのは小さなことだと、取り立てて言うほどのことじゃないと。
トーマス　夫は水曜日の夕方に出て行った……
イーラ　ええ確かに……

イーラ　この前の水曜日じゃないわよ、無能なおまわりさん……私がそんな馬鹿な主婦に見えて、ヒステリーに思えて、三日後に交番に駆け込んで助けを求めてわめいたりする女だと……

トーマス　ふぅ……

イーラ　四十三年前の水曜日の夕方だったの、頭悪いわねぇ。四十三年経ったの、夫がホテルの部屋からいなくなって、それはきっと、私を置き去りにするつもりじゃなかった。あの人に何かあったのよ。

（沈黙）

トーマス　それはけっこうな時間ですね。（間）僕ひとり分の人生だ。

（間）

イーラ　私はもう若くないから。（間）あの人がいなくて寂しいと思いはじめたの。（間）あの人がいなくて寂しいの。

二十　目覚め　6

（フィン。）

そのとき彼はコインのことを思い出した。毎回旅行の最後に使い切らなかった小銭を、取っておいた。彼は小さな箱を取り出した。前に国別に分類しておいた、フォリント、ギルダー、フラン、リラ。彼は時間をかけて、小さな山をつくっていった。終わると小さな山を崩してコインを全部すくって一か所に集めた。それから彼は始めた。一度は途中でむせて、傷をつくって、吐いてしまう。二、三滴の血を咳き込んで吐き出す、ズボンのポケットに丸めて突っ込んであるスカーフに。

「僕は一枚のコインを指でつまんだ。一ペセタ硬貨。小さく鈍く輝いていた。それを口の中で転がし、舌の裏そして頬の内側に押し込んだ、片方、もう片方と。どんな味なのか。上あごと口の奥では違う感じがした。血と苔の味がした。そして硬貨は喉をすべり落ちていった、瞬く間もなく。僕は飲み込んでいた。笑わずにはいられなかった。僕はコインの山から二つ目、三つ目を取った、次から次へと取った、ひとつ残らず。僕は始めたのだ、僕自身の体内で金を貯めることを。または。金を消化することを。決して十分には得られなかったが、今となっては少なすぎたが、僕はそれを、じっくりとゆっくりと完食した。」

二十一　痕跡　3

（シュミット氏。シュミット夫人。ヨーゼフ。）

シュミット氏　庭で彼を発見した。ニワトコの木の裏で。
ヨーゼフ　残念。……残念です、あなたがたに気づかれてしまって。煩わせたくなかったのに。
シュミット夫人　彼は私たちに何を望んでいるの。
ヨーゼフ　彼はあなたがたの近くに居たい。彼はあなたがたを観察したい。
シュミット夫人　私たちの習慣を研究し。私たちの日常を探り出し。私たちの垣根を押し倒し、私たちの庭を乗っ取り、私たちの家、私たちのガレージ……そして私たちのキャッシュ。それが彼の望み。
シュミット氏　私たちは金持ちじゃない。
ヨーゼフ　彼はあなたがたの生活を知りたい。外側の状況を。でも内側の状況はもっと。
シュミット氏　私たちは特別じゃない。
ヨーゼフ　彼はあなたがたに興味がある。際限なく、条件も、脅迫もなく。
シュミット夫人　その興味はまったく一方的。
ヨーゼフ　残念です、あなたがたに気づかれてしまって。煩わせたくなかったのに。普段どおりに振る舞ってもらいたかったのに。当然この期に及んではもう不可能だ。あなたがたに見つかったことをなかったことにできないからには、お願いがあります。

シュミット氏　よかった、あなたが礼儀正しい人で。お互い礼儀正しく話し合おうじゃないですか。口論なし、暴力なしで。

ヨーゼフ　僕をここに置いてください、客として。

シュミット夫人　このまま居るおつもり。

ヨーゼフ　ご面倒でなければ、是非。よろしく。

シュミット氏　どのくらいですか。

ヨーゼフ　あなたがたのことが十分よくわかるまで。

（間）

シュミット夫人　私たち今から何をするの。何かできるの。まずいことになるわよね。

（間）

シュミット氏　何か隠し立てすることがあるか。……ないだろ。……お互いに秘密があるか。ないだろ。……まさかおまえ秘密があるのか、イーダ……

シュミット夫人　どんな秘密……

シュミット氏　万が一秘密があるんなら、イーダ、勇気をふりしぼって今言ってくれ。私はそれを乗り越えてみせる。それが何であろうと。

シュミット夫人　ないわよ……。

シュミット氏　私たちは善き客人を迎えたんだ、イーダ。二、三日の滞在だ。こういう来客は私たちにはいいんだ。私たちは観察されていた。私たちはその観察者を招待したんだ。これは一歩前進だ。

シュミット夫人　私たちは観察されていた。動物だと、思ってたのに。

シュミット氏　私たちはあなたを動物だと思ってました。あなたの痕跡を動物の痕跡だと思ってたんです。あなたが居ても物音はしなかった。あなたは宇宙衛星ですらありえたんですよ。……覚えてるか、イーダ、このまえ話してたこと。

シュミット夫人　しばらく前から考えてた、あのこと。

シュミット氏　同じことだと思う。

シュミット夫人　誰も身分証明書を持たなくなって。私たちは小さなチップに入った自分の遺伝子コードを身につける、左目の網膜に埋め込んで。

シュミット氏　宇宙から誰でもいつでもどこからでも見つけられる。霧でも、夜でも、曇りや嵐でも、個人識別発信機で現在位置を探知する。発信機はチップの中に入ってる、目の中の、遺伝子コードの入ったチップの中に。

シュミット夫人　誰も自分の目を引っこ抜いたりしないものね。

シュミット氏　誰も自分の目を引っこ抜いたりしないさ、誰にも見つからずに国境を越えるために。

シュミット夫人　いなくなることが、できなくなるのね。

シュミット氏　あるいは姿を消すことが。
シュミット夫人　あるいは身元確認されないことが。
シュミット氏　誰かある人が私たちのことを知り尽くす。……私は未来に不安などない。
シュミット夫人　あなたと一緒にいるかぎり、私も不安はない。離ればなれにだけはなりたくないわ。
シュミット氏　おまえが不安になる必要はない、イーダ。誰も不安になる必要はない。……たったひとつ、心配事はあるが。
ヨーゼフ　何です……。
シュミット氏　娘が一人いるんです。二十五歳の。タスマニアに住んでいて、夫と一緒に。孫はいませんが。娘もあなたの研究プロジェクトの一部になるんでしょうか……。
ヨーゼフ　ほかにお子さんはいますか。

（間）

シュミット氏　いや直接には。
シュミット夫人　ゲルハルト……。何も言わないで。
ヨーゼフ　あなたは若い頃、医学生の頃、生殖医療の研究に関与していましたね。
シュミット夫人　いいえ。この人はそんな。
ヨーゼフ　学費を稼いでたんじゃないですか、ときどき提供して、ときどき射精して。
シュミット夫人　いいえ。この人はそんな。

ヨーゼフ　洗いざらい話しましょうよ、そいつを精子バンクに売ったんですよね。

シュミット氏　イーダと私、私たちは当時まだ知り合ってなかった。ある時期があって、その頃の私は……

シュミット夫人　あなたは昔気前がよかったのよね、ゲルハルト。夫はある時期気前がよかった。それは間違ってた。

シュミット氏　私は自分の遺伝子型の扱いにおいて不注意で軽率だった、それは事実だ。ずいぶん昔のことだ。私は若かった。ある種の過剰といえる状況だった。まあ、それはもう私たちの人生に関わりのないことだ。終わったことだ。これですべてわかったろう。

ヨーゼフ　知りたいと思わなかったんですか、あなたの遺伝子型がどうなったか。どのくらいいるんでしょう、なんにせよ、あなたに似ている人間が。

シュミット夫人　それはもう私たちの暮らしの一部じゃない。あげたものはあげたもの。

シュミット氏　進呈しました、別の女性が……すまない、イーダ……受け取りました。私は報酬をもらいました。たいした金額ではありませんでした、ですが、当時は……すまない、イーダ……ある種の満足感がもたらされていたことは、認めましょう。でもいずれはけりを付けなければなりませんでした。

ヨーゼフ　そのうちお祖父ちゃんになるかもしれませんよ。

シュミット氏　あなたは二、三日滞在するんですよね。私たちの家の中、生活の中を見回してごらんなさい。気がつくでしょう、満ち足りていることに。隅々まで満ち満ちている。妻と私、そしてタスマニアの娘、ほかに誰も入り込む余地はない。収容能力の限界突破だ。カーペットの上に寝てもらって結構ですよ。客用トイレは地下です。降りるとき頭に気をつけてください、天井が低いですから。

シュミット夫人　じゃあ今から夕食をつくりますね、そのあとはテレビでもつけましょう。

二十二　休暇

〈トーマス。モニカ。〈子供。〉〉

トーマスとモニカは子供とオランダへ行った。待ちに待った初めての休暇。モニカのたっての希望、私は言葉を勉強しないといけない。村をとりまく牧草地と湿原、果てしなく堤防まで延びている。暗い褐色の干潟の浜の向こうにもやの中で海がうっすらとわかる。秋。

彼らは収穫を終えた畑を通って散歩する、二人の会話は途絶え、遊んで行ったり来たり走り回っている子供が二人のあいだに割って入ってきて、またずっと先へ走っていく、三人全員が乱れた軌道で運行する小惑星のように散りぢりに漂流する。

トーマスは追いかける、子供とあとから妻が堤防のてっぺんに到着し、二人とも彼のほうを振り向いて、手は振らずに彼のほうを見て、堤防の向こうへ姿を消す。彼はひとりになる。

先へ行く、もっと先へ行く、足を前に運ぶ。なだらかな畑が広がり、空は低く遠い、絶え間ない突風にひたすら立ち向かうほかない、そうして時間が過ぎるにまかせるしかない。彼は戦いのないことを願う。

砂まみれの湿った堤防が彼の前に迫ってくる。彼はそのまま進む。登っていく、両手をポケットに入れたまま、バランスをとろうと、踏ん張って頬を膨らませる、途中休憩で、息を整えながらぼんやり前を見る、また進みだすと、とつぜん陽気になって、頭から帽子を剥ぎとり、髪を風にさらす、鼻にも歯の隙間にも砂……彼は大股で一気に進む、転びながら滑りながら、声を上げて笑いながら、堤防の頂上まで登って、見て驚く、妻と子供ははるか遠く、手を繋いで、押し寄せる潮の流れに洗われ、沖へ向かう潮流から逃れようと格闘している、波よりはやく岸にたどり着こうと。二、三、四、五秒が過ぎ、彼はそのあいだ様子を見守り、彼の人生に欠くことのできない二人を見下ろしていて、愕然とする、彼はあわてふためいて走り出す、二人のほうへ。

二十三　サプライズ

（文番。トーマス。ガービ、首を絞められた跡がある。）

トーマス　サプライズ……それは嬉しかったでしょうね。

ガービ　もちろん嬉しかったわ。……大臣の家で食事なんてそういつもあることじゃないし、大臣の家へ食事に招待されるなんてそういつもあることじゃないでしょ。少なくとも私はない。

トーマス　それであなたの恋人、ミスター……マハチェクは……

ガービ　……ライナー。チェキって呼んでるの。

トーマス　……そのような接点をお持ちの方で。指定配布先リストの一番上に載っていると。リストの一番上に。

ガービ　そんなわけないでしょ。チェキはトレーニングウェアの販売をやってるの。彼みたいな人が大臣に招待されるのは異例なこと。でも今回まさにそういうことが起こったの。すごいことよね。晩餐会、十人から十二人限定の。私たち二人、チェキと私もそこに入ってる。逃す手はないでしょ。大臣にもそれなりの理由があるんだと思うの、ないとしても、理由なんかなくてただ一般市民の声を聞くとかでも、構わないと思うのよね。

トーマス　それでがんばったんですね。とっておきの服で。
ガービ　ルビー色のＶネックのロングドレス。
トーマス　さぞお綺麗だったでしょうね。
ガービ　ええ。

（沈黙）

ガービ　っていうのは全然うそ。サーモンピンクのスーツを着てったの、私のいっちょうら。控えめで、エレガントで、完璧に目立たない。正直、そうだったの。（沈黙）ちゃらちゃらしない、マナーもへったくれもない赤毛の尻軽女を演じない。一矢報いたい、きちんといい印象をあたえたいと思ったの。ライナーは大臣と知り合いじゃないし、今まで一度も会ったことがない。彼の言うことは全部信じる。
トーマス　それが普通でしょう、二人の人間のあいだに感傷的な何かがある場合。

（間）

ガービ　ええ、たぶんね。……オーケー。私たちはヒンメルプフォルトの方へ車を走らせて、目抜き通りを折れて、道に迷った。って言うんだけど。
トーマス　晩餐会は街中ではなかったんですね。
ガービ　晩餐会はなかった、晩餐会はでっちあげ。釣るための餌。彼は言い張った、大臣の代理人の週末の別荘であるんだって、その人も出席するんだって。奥様ともども。何とか言ってよ。

トーマス　何も言えませんね。私があなたの立場でもきっと信じようとしたでしょう。

ガービ　暗くなって、地図はないし。カーナビなんか、必要ないってマハチェク氏は、彼は言うの。今から探検だって。

トーマス　暗い中。

ガービ　その晩の話としては。つまり恋人のライナー・マハチェクに約六ヶ月前きっちり三千ユーロ貸したのね、私の貯金から、もっと言えば、その三千ユーロは私の貯金全額ってことで、時々手をつけないとやってけないし、手元に持ち合わせがないと。ライナーはお金を借りたいって、言うのよね、車を買い換えるから、分割で返すからって。どっちもしなかったけど、それで今、そのあと、六ヶ月経って、そろそろ新しいストッキング買わなきゃいけないし、お金を返してもらいたかった。利子はサービスで。そう。想像してみて、暗い中、車の中、森の中、道に迷って、私は無くて困ってるお金の話をなにげなく切り出した、言ったの、ライナーに、どこにあるのって。彼は言った、月曜日に返すよ。今土曜日の晩だから。彼は、月曜日に返すよって。わかった、って言って、とりあえず納得。でもここはどこ。大臣の会食ってどこなの。ライナーは……車を止めた、トランクの中の住所を探すために。私は、なんで大臣の住所がトランクに入ってるの。住所ってグローブボックスに入れとくとか携帯電話とか、メモしてサンバイザーの裏に挟んどくとかじゃないの。ライナーの手口は手が込んでる、車を降りて、探して、戻ってきて、言うの、目当ての住所が見つからない、トランクに住所がいっぱいあって、いっぱい色々あって、そのいっぱい色々ある住所と私たちのケンカで彼はさすがにイラつくなあもうって……いいからもう、ねえチェキ、私が探そうか？　いやいいよ、即座に拒絶の身振り、いいよ、私は見に来なくていいからって、彼は住所を発見しなかった……確かに……でも……そのかわり別の何かを発見した、サプライズ、そうでなくても特別なこの晩のために思いついたオマケ、私に、今しかないというタイミングで、是非見せたいんだって……

トーマス　……トランクに？……そう、トランクにはものがいっぱい詰め込んであって、大臣の代理人の別荘の住所は探しても見つからなかったけど、彼が私にくれるつもりで、彼が私のために手に入れてくれて、同じくそのトランクに隠してあって、ここぞというサプライズの時に手渡すつもりのプレゼントが見つかったの、ネックレスが、出てきたの、小さなクリスタルがいっぱい付いたルビーの、首飾り。

ガービ　それをあなたの三千ユーロで車を買うかわりに。

ええ、あんまり急で喜ぶどころじゃなくて。……そう言ったの、彼に、あんまり急ですぐには喜べないって。私たちはあったかい食事の席にいたはずなのに、そうならずにイラついて途方にくれて見渡すと殺風景なとこで立ち往生、暗いし、凍えるほどじゃないけど、大丈夫、そこまでキツいわけじゃない……じゃあトランクのネックレス持って来て。

トーマス　じゃあ、ちょっとあなた彼になってくれる。

なんて言うんですか。君に巻いてあげるよ。

ガービ　付けてあげるよ。正確にはね。

トーマス　いいかな。

ガービ　えっ、うん。

――それなら車から降りて目を閉じてくれないと。

トーマス　それなら車から降りて目を閉じてくれないと。

ガービ　もう暗いし、もう遅いし、電話してみたほうがいいんじゃない、大臣の代理人の別荘に。

――電話番号も住所のメモに書いてあるんだ、それが見つからないし。

トーマス　電話番号も住所のメモに書いてあるんだ、それが見つからないし。

ガービ　――君が車から降りてくれたら、君にネックレスを巻いてあげたら、そしたら僕たち二人は晴れて会食の準備完了だ。

トーマス　と彼が言ったんですか……

ガービ　まだ続くの。――僕は確信してる、君が自分でもう一度ちらっとトランクの中を見てくれれば……

今度は私。――その単語もう二度と聞きたくない、もう二度とあなたから、もう二度と一生涯……

彼。――ＴＲと呼ぼうじゃないか……、君が自分でもう一度ＴＲに住所がないか調べてくれれば、僕が君にネックレスを巻いてあげたあとで、僕らの前に現れるさ、住所が、そうすれば僕らは現地直行だ……君は輝くネックレスを付けて、僕は輝く恋人を連れて……その輝かしい会食の席に向かって車を走らせるんだ……そして君は言う……

トーマス　今度はあなた私になってくれる……

ガービ　もうかんべんです……

トーマス　――やっぱりよかった、やっぱりよかった、車を降りて。

ガービ　何ぼやぼやしてんの？

私はそういうプレゼントとかするタイプじゃないんで。サプライズ好きでもないですから。

そこは疑ってもいいとこだったけど。疲れてたし。終わらせたかったたし。だから、車を降りて、ドアを閉めて、ちょっとぼうっと立ってたら、彼がＴＲを開けて閉める音が聞こえて、首のまわりに何か冷たいものが触る。私は触る、手で触る、その冷たく触れるものを……すると急に彼が引っぱって締める、引っぱって締められて私は気づく、これは鎖、そう、鎖、本物の、工具の鎖、彼は引っぱって、引っぱって私の首を締め上げる、私の息の根を止める、私は隙間に指を差し入れることができない、脱け出せない、喉元が押しつぶされる……そのときものすごい勢いで私の肘を彼の腹にぶち込むと、彼は一瞬ほんの一瞬手をゆるめる、すかさずもう一回お見舞いする、私の肘の先端を、彼はよける、私は九〇度回転できたので彼のズボン越しにタマをむんずとつかむことに成功、ありったけの力で握りしめる、ありったけの力で私の手の中で押しつぶす……そしたら彼は放してくれたの……

トーマス　普通じゃないです。

ガービ　だって殺られるわけにはいかないわ、森の中、闇の中。技をもって臨まないとね。

（沈黙）

トーマス　計画的だったんですね。

ガービ　私を殺そうとしたの、あのひとでなし。

トーマス　三千ユーロのために。

ガービ　わかんないわ。そういう異常人格なんでしょ。ライナーって。そんな人だと全然思ってなかった。全然。穏やかな人なのよ。普段は。

トーマス　それからどうしました、走って逃げたんですか。

ガービ　違うの。……彼は謝って、私を家まで送ってくれた。

トーマス　家まで送ってもらった、たった今あなたを絞殺しようとした男に……

ガービ　そうしてもらえばよかった。彼に森の中を追いかけてもらえば。私は彼を落ち着かせて、……彼は言ったの、ごめんって。私も言った、ごめんね、タマつぶしちゃって、……私には何も残ってなかった。それを彼は理解した。それから言った、わからない、自分がどうなってしまったのか、いつもはそんな激しやすいタイプじゃない、たぶん大臣のせいだったんだ。だって、だからあんなに興奮してしまったんだ。

トーマス　計画的だったんですね、ノヴォトニーさん。罠です、わかりますか、彼はあなたを罠におびき寄せた。あなたを計画的に、殺そうとした。

ガービ　そうね、今はわからない。
トーマス　？
ガービ　そう、あの晩はなんだかヘンなことになっちゃって、確かに。でも全部が計画的だったかどうか、わからない。彼はもしかしたら何か別の予定を考えてて、私と二人きりになりたかったとか……もしかしたら本当にただカッとなっただけかも……
トーマス　あなたが返してもらいたかった、三千ユーロのために。
ガービ　ええ、私もそんなこと切り出さなきゃよかった。……彼が私とオシャレして出かけたいと思った、よりによってその日に。
トーマス　いずれにしてもあなたはここに来た、彼を殺人未遂で訴えた、おそらく欲にかられての。疑う余地のない卑劣な動機です。
ガービ　欲にかられて。違うの……私は彼にお金を貸したのよ。自分から。だから彼の手元にあったの。……卑劣な動機。まさか、彼を訴えたりしないわ。
トーマス　ついさっき事細かく語ったじゃないですか、マハチェク氏が、あなたを人けのない森の一角で絞殺しようとした状況について。それを訴えるというのですが。
ガービ　違うの。……ちょっと待って……私はそもそもアドバイスが欲しかっただけ。
トーマス　何のですか。
彼のもとにとどまるべきかどうか。
彼をまだ愛するべきかどうか。
彼にさらに金を貸すべきかどうか。

ガービ　彼を将来信頼できるかどうか。
トーマス　あなたひねくれてるんじゃない。
ガービ　とんでもない。二度とチャンスが与えられない人などいません。そうでしょう。
トーマス　ええ。……そうね。
ガービ　そうですよ。それじゃ何を聞きたいんですか。
トーマス　私はそもそも知りたかっただけ、もう一度そういうことが起こったら、最初の事件も遡って訴えられるのかどうか、それだと、なんとなく安心だから……
ノヴォトニーさん……今から昼休みに入ります。

二十四　覚醒

（フィン。）

彼は窓を開け満杯の灰皿の中身を外へこぼした。風が微細な灰の粒子を彼の顔に目に吹きつけた。彼は笑った。彼は深呼吸した。彼は外へ身を乗り出した。もう二度と感じたくなかった。自由な外の不安。彼は窓枠にのぼる。彼はしっかりつかまる。彼は手を離す。

二十五　別れ

（トーマス。モニカ。）

その日、僕らが別れを決めた日、そのとき……まあ、僕らはそれを口に出した。口に出して封印した。座ったまま、どちらも話さなかった。でもどちらも出て行こうとしなかった。まるで時間の中に凍りついたように。

それがどのくらい続いたか、わからない、なんだか鈍い感覚があった、全身にいきわたる感覚の麻痺。

そう、そのときモニカが突然言う、変ね、と言う。全然イタくない。……聞き耳をたてててる。私の奥のほうに聞き耳をたててるんだけど……何も感じない。ちょっとチクッとする。献血のときみたいに、拳を握って、吸い上げられて、ちょっとチクッとする、あとはただ見てる、血が全部流れ出るのを、血が全部、痛みもなく。

僕は言おうと思った、言い過ぎだろ、献血で血を全部抜き取られやしない、屠畜場じゃあるまいし、でも僕にはなんとなくしっくりこなかった、残酷で……彼女がそう感じるんなら、君はどうしたいんだ……、と僕は言わなかったわけだが。

モニカは言う、何かが変わっていく。何かが変わっていく。それは変えられない。

まあそうだな、僕の考えでは、それは今さらちょっときれいごとで、そう、ちょっと言わな過ぎ、言うとすれば、僕らは別れる、家族はばらばらになる……彼女は、何かが変わっていく。でも僕は全身の感覚麻痺のせいであいかわらず何も言えない。

モニカは、立ち上がって、行こうとして……倒れる。

パタッと倒れる。そのままカーペットの上に。

立ち上がって、行こうとして……ポキッと折れる。

気絶した。

まあ、救急医は呼んだ、ほかにすべきことは。

うまくいかなかった。

二十六　明日

（リンダ。ヨーゼフ。）

リンダは知らせを受けて街へ行く、
もろもろ片づけるために。
葬儀屋、エアバルメン氏は、中年の男、
ぎこちなくて、そっけなくて、頭の中で

何かほかのことを気にかけていて、
何か重苦しいことが、彼をいらだたせていて、
彼の前にいる女性に対しては投げやりな態度。
リンダはボール箱を受け取る。
ほかには何も、ほかには何も彼は置いていかなかった。
ほかには何も。
残していかなかった、という意味で。
肩をすくめる。
手紙もない。
首を横に振る。
手紙もない、別れの手紙もない。
首を横に振る。
書き置きの紙一枚ない。
首を振る。
走り書きのメモもない。
沈黙。
鍵の入った封筒もない。
ああそうだ、待ってください、すいません、
もちろんあります、これ、玄関の鍵です。

あやういところで、もし仰っていただけなかったら……たいへん失礼しました……
葬儀屋はむせて、口の前に拳を当てて、
悪しからず。
リンダは鍵をボール箱の中のものと一緒にする、
その中に靴が入っている、
それと汚れて丸めたスカーフ、
犬の首に巻くような三角の。
その上に血痕が四つ、
最初のはコイン大の大きさ、
最小のは米粒大。
小さな赤い金属製のおもちゃの自動車。
リンダには見覚えがあった。ほかには何も。
いやあった、靴の中に滑り込んでいた、しわくちゃの紙つぶて。
不安で息が止まる。こめかみに血がのぼる、頭がいきなり突き上げられる。
彼女はあとで読むことにする。
リンダは棺を選ぶ。
私が思うに……彼はきっと、火葬してもらいたかった。
葬儀屋は、可能ですが、棺がないと火葬できません。
なのでリンダは棺を選べと言われて、

首を振る、肩をすくめる。黙る。
葬儀屋は、もしアドバイスさせていただくなら……
それお願い。
たいてい一番お安いモデルになさいますね、
そのようなケースでは。
ふぅん　たいていそのようなケースでは、リンダは考える、
そのようなケース、そのようなステップ、そのようなジャンプ。
葬儀屋は、あなたがお決めください、
ええじゃあ、とリンダは言いながら拒絶の身振り、イラっときて、
だったらあなたのいつも通りにすればいいでしょ、
いつも通り普段通り。
葬儀屋は急に悲しげに見える、
慰めようもなく不自然なほど青ざめて。
リンダは考える、たぶん彼は病気を隠してる。
それを誰も知らない。そのようなステップ、そのようなジャンプ、そのようなケース。
ほかには何もない。膝の上のボール箱を片手でささえる、
その手前でもう片方の手は拳になり、親指を関節にきつく押しつける。
骨壷はどうなるんですか。
お持ち帰りください、あなたのものです、

あなたのご兄弟の灰です。
明日です。
明日には。

二十七　停留所

（エルヴィン。イーラ。）

エルヴィン　バスと同じだ。来る時もあれば来ない時もある。
イーラ　そうなの。
エルヴィン　そうだ。

（間）

エルヴィン　前は一日二回来た、それがかろうじて一回になり。今はよくわからん。表向きは週二回だと言ってるが、診療の実態は穴だらけ。
イーラ　何も当てにならないわね。
エルヴィン　そういうものさ。

（間）

エルヴィン　それならそれで、待つのはいっそやめにしてこう考えたらどうだ、今日は何も起こらない、するとひょっこり来たりするものだ。（間）だがそれもあやしいな。

イーラ　それを一度味わえるんなら、一度で十分、永遠に座っていられる。……もう立ち上がることなんかできない、頭の中で立ち上がっただけで、もう彼が来るのが見える。だから座ったままでいる。座ったままでいるのは、いま立ち上がって立ち去ったら、ちょうどそのとき彼が来るって、考えがあるから。私が立ち上がれば、何かが起こる。私が動けば、決定的なことが起こる。だから動かない。それはそれで大間違い。人が動かないのは、宿命的なこと。だってあたりまえでしょう、動いたら、何かが起こるんだから。立ち上がって立ち去る。それが起こる。

エルヴィン　何か違うことが起こるんだな。

イーラ　何か違うことが起こるの。

エルヴィン　もっと歌を聞かせてもらえないかな。

イーラ　（口ずさんで）……como la cigarra……

エルヴィン　美しい困惑に、あなたは迷い込んだ。四十三年誰かを待つ。美しい物語だ、あなたが話してくれたのは。

イーラ　私が馬鹿だったって、思うでしょ。正直、馬鹿だと思うでしょ……

エルヴィン　よく考えてみないとな。

イーラ　誰かを待ったこと一度もないの。
エルヴィン　私が……ないね。ない。
イーラ　一度も。
エルヴィン　一度も。
イーラ　じゃあ一人になったこともないの。
エルヴィン　いや。ずっと一人だった。……最初の妻が出て行って、二番目の妻が出て行って、私と子供たちだけになった。（間）男の子のほうがいつだか病気になって、かなり衰弱して、医者に見放されそうになった。そのとき見つかったんだ、ダニに刺された跡が。たったひとつ小さなダニの刺し傷が、あやうく息子を殺すところだった。なんにせよ、あなたにはいささか大げさに聞こえるかもしれないが、父親はどうしたって父親、厄介な状況ならなおのこと……私は息子のベッドにつきっきりだった。おまえは戦うんだ。戦うんだおまえは。戦え。（間）息子はそのとおりにした、戦い続けたんだ、フィンは。
（間）
それから子供たちも出て行った。でも私はあの子らを待たない。そんなのは馬鹿げてる。……そうだろう。

（間）

イーラ　私はただ見たかったの、何が起こるか。もし居続けたら、ひとつの場所に。逃げもせず、期待もせず。……でも怖かった、人生の無駄遣いじゃないかって。私は見たかった、何が訪れるか、日々を受け入れ、希望もなく、不安もなく、自明のものとして。……そしてやっと、今、四十三年経って、気づいたの……それは間違いだった、私は全然そんなタイプじゃない。

（彼らは笑う。）

エルヴィン　ともかく時間はかかりましたね、それを探り当てるまで。

イーラ　四十三年間ホテルの部屋で過ごしてた。いわば旅の途中。一度も深く考えたことなかったの。それおかしいわよね、そう思わない。もっとおかしいのは、今になっておかしいと気づいたこと。

エルヴィン　ご主人とは知り合ってどのくらい。

イーラ　三年。そのあと結婚して。ローマ一週間、パリ一週間、それから海辺に行くつもりだった。私たちハネムーンだったの。

（間）

エルヴィン　言っときますが。あなたの心の奥の奥まで覗きたいとは思いません。

（間）

イーラ　自分で支払った部屋で、自分の少ない持ち物と、二、三枚の服、二、三冊の本と、音楽を少々、それで私は自由だと、思ってたの。（沈黙）それまでひとりになったことは一度もなかったから、一度も。だからわからなかった、どうしたらいいか。（間）彼が姿を消して私は必要とされてたのかしらって。（間）私はどうでもいい存在になって不安でいっぱいだった。不安、何かのために戦わなければならないという不安。あなたにわかる。

（エルヴィンは沈黙。）

私みたいなのがたくさんいるのかしらね。私みたいな人間、まるで生きてないみたいに生きてる。自分の人生にこそっと入ってこそっと出ていって、用心深くおずおずと、まるで自分の人生じゃないかのように、そこに居座る権利がないかのように。……まるで泥棒みたいに。

（間）

エルヴィン　私は逆だ、事を成り行きにまかせられない。私は。……だからたぶんずっとひとりなんだろう、今日まで。

（間。エルヴィンはひとり笑いする。）

エルヴィン　私は保険の外交員だった、以前は。ライオン・アンド・ラム保険。獅子と子羊、二者の共同経営。当ててみてください、私の担当分野が何だったか……

イーラ　生命保険。

エルヴィン　天災。……私は天災にかけられる、特殊な保険証券を売っていた。だがそういうケースが生じたら、それが逆に天災ではなく、単なる人為的ミスだったということを、立証するのが仕事だった。我々は難関を突破し、ライオン・アンド・ラムは遺憾ながら責任を負うことがなかった。人為的ミスを嗅ぎつけることにかけて私の右に出る者はいなかったと言っていい。事実、天災によって起こると推定される事故の百件中九十五件には、実のところ純然たる人為的ミスが隠れている。これは屁理屈でもなんでもない、私の個人的な確信だ。……私の息子も実は保険会社の人間だ。だが外国へ行くことが多い。つねにどこかしら旅に出ている。電話をよこすんだ。定期的に。ほぼ毎日。息子はいつも時差のことを気にかけて。どこにいても、私がまだ眠らない時間に合わせて電話をよこす。

イーラ　気が利くのね。

エルヴィン　とても気が利く、そうだ。だがそんなことを言おうとしてたんじゃない……。何を言おうとしてだんだ……

イーラ　あなたはどうしても事を成り行きにまかせられなかった……。

エルヴィン　そうだ、成り行きまかせは破滅的なことになる。そういうことが言いたかったんだ。（間）一度いっしょに出かけませんか……

イーラ　あなたと私で……

エルヴィン　ええ、そうですよ。いいじゃないですか。……エルヴィンといいます。エルヴィン・トマソン。トマソンというのは、そもそも日本人の発明で……

イーラ　何の話かしら。
エルヴィン　別の話ですよ。
イーラ　イーラ・ダヴィドフです。ビール二、三杯で一晩私の歌を聞いていていただけてよ。バーの名前は「錆びた錨」、毎晩そこにいるわ。
エルヴィン　毎晩。私はめったに抜け出せないが。……錆びた錨、覚えておきましょう。

二十八　歩み

（リンダ。）

リンダ・トマソンは骨壷を持って歩く、
知らない街を。リンダはその街を知らない、
またその街はリンダを知らない。
家は彼女を奇異の目で見る。
道は蒼白になり、
驚愕のあまり
葉を落とす木もある。
緑地帯の緑は黄みを帯び。

若鳥は羽を閉じたまま
屋根のへりから落ちて死ぬ。
いつになったら雨が降るのか。
いつになったら雨が降るのか
ちょっとしっかりして、ミセス・トマソン。

リンダは歩道のふちに立ち止まり、
どこかの家の玄関の階段に腰をおろす。
座ったままでいる。

リンダ・トマソンは骨壷を持って歩く、
知らない街を。駅に向かう道を見つける。
彼女は骨壷をコインロッカーに入れる。
鍵を封筒の中に入れ、
封筒にこう書く、
私の兄弟の灰。

二十九　展望　3

（モニカ。）


通信制で絶対高卒までいきたいんです。

何がなんでも。

どうすればできるか。どうすれば払えるか。

いくつかの職に応募してみたんです。つまりここだけじゃなく。ここの仕事が気に入って、今の私の第一の選択肢ではありますけど。

諦めたくないんです。

前の上司は手短に済ませて。

言うには、私たちが考えていたようには、いきませんでした。

私たちがオランダ側を買収したのではなく、オランダ側が私たちを買収しました。最終的に。

過半数持分はあちらになりますから、こちらは解雇しなければなりません。

稲妻に打たれた、と私は思い。

上司はいたって事務的に言いました、ええ、決定事項です、私の顔は見ずに、リストを置いてじっとそのリストを見て。

名前のリストを。（間）そんなことってある。

そのとき気づいたんです、私は一個の人間じゃないんだ。

でも冷静を保つ、ユーモアのあるところを示す、危機的な状況にあっても。

私は言う、これって運命の皮肉ですね。

さらに、私は言う、よりによって今、通信教育ここまでがんばって、ＭＰ３でオランダ語習って、そういうコースで。よりによって今、と私は言う、家を出て、離婚を進めて、子供は夫のもとに残して、私のもっと大きな展望のために。

彼はもう全然聞いていなかった。

私は言う、ええ、いつも思い通りにいくとはかぎりませんもんね。

彼は言う、これに関してはあなたの今後の幸運をお祈りします。

ありがとうございます、私は同じことを言う、これに関しては……あなたに恋愛運と勝負運がありますように。

彼がそれを理解したかどうか、わからない、気のおけないジョークのつもりだったけど。

（沈黙）

そう、きっと、私はものすごく打たれ強い。

それを私は証明できなかった。

（間）

こんなことは初めてだった……

こんなことは初めてだった。

（間）

こちらこそありがとうございました。

三十　友達　1

（リンダ。ライナー。）

リンダ　彼はからっぽの家のほかに何も残していかなかった。からっぽ同然。今月の家賃は払ってあった。

（沈黙）

ライナー　彼は僕のこと言ってましたか。何か。話してましたか。

リンダ　私たち何年も会ってなかったから。

ライナー　友達は多いほうじゃなかった。

リンダ　そうよね。そうでしょう……でもマハチェクって名前はなかったような、覚えてるわけじゃないけど、昔から。

ライナー　ライナーっていいます、ライナーです。

リンダ　ああ……。

（沈黙）

ライナー　彼は何もかも準備して。それから。眠り込んだのか……
リンダ　なんでそう思うの。飛び降りたの。……飛び降りたのよ。窓から。……知らなかったの。
ライナー　どうやってわかるんです。
リンダ　そういうことは新聞に載ってるんじゃないの。
ライナー　あなたの言う通りだ。そういうことは新聞に載ってる。でもそういうことは匿名で新聞に載る、だから僕がフィンのことを新聞で読んだとしても、どうやってそんなことをそのフィンを僕の友達と結びつけられるんですか。そんなことは自分の友達には決して起こりませんから。

（間）

リンダ　家に行ったことあるの、何か気がついた、変わったこととか。
ライナー　僕らはいつも外で会ってましたから、家の外で、散歩しながら。彼は走りたい、走り出したい衝動に駆られて、郊外へ、よく水辺とか、運河沿いとか……できるだけ人けのないところで、できるだけ体を動かして、息切れするまで……肺に、血管に十分空気が送り込めてないみたいだった。時々、彼と並んで走って、自分も酸欠になってると、彼が風船のように見えて、軽すぎる、薄すぎる皮膚に覆われた風船のように。ひょっとするとどこかに空気漏れの箇所があって、きめ細かくもろい覆いが空気を保ちきれずに必死でがんばっても絶えずしぼんでいってしまうんだ。

（間）

だから彼に空気が満ち足りることはない。十分になることはない、十分でない、どんなにがんばっても、どんなに走っても……

（間）

リンダ　最後の何週間かで売り払ったにちがいないわ、自分が生きてくのに必要なもの全部。ベッドと、古い机と、椅子だけ残して。

ライナー　それかほかに何も持ってなかったか。

リンダ　あいつのこと知らなかったんだ私。……誰だったのフィンって。

ライナー　僕は昨日までは知っていた。今日は疑問ばかりだ。……僕はあなたの兄弟に金を渡したんだ、リンダさん、僕の金を。信頼して預けた。増やそうと思って。彼は詳しいから。僕の代わりに投資してくれるって、利回り保証の資産形成生命保険とか、いろいろ。違法なものじゃなかったんだ、リンダさん、いかがわしいものじゃ。

リンダ　いくらなの。

ライナー　一万。一万ユーロ。

リンダ　何も残していかなかったわ。

ライナー　金はどこかにあるにちがいない。契約書があるにちがいない、証書が。
リンダ　あなたがサインしたんじゃないの。
ライナー　委任状を持ってたから。フィンが全部やってくれたんだ。僕の代わりに。書類があるはずだ、控えの書面、口座残高。
リンダ　何も。何もないの。全部無くしていってる、コンピューターも、データファイルも、CDも、写真も。銀行に行ってみたけど、有価証券、貯金通帳、コイン、金庫、貸し付け、抵当も、借金も、何にもない。
ライナー　ありえない。
リンダ　でもそうなの。
ライナー　ありえない。
リンダ　私がそう言ってるんだから。
ライナー　ないのか……

（間）

ライナー　ひょっとすると会社に。

（リンダは肩をすくめる。）

ライナー　間違いない会社だ。……会社を調べてみないと。

（間）

リンダ　もう仕事はしてなかったと思うの。わからない、どうしてか、でも仕事に行ってなかった気がする。それもずいぶん前から。
ライナー　それがわかれば。
リンダ　壁があるわ。唯一、残していったのは、壁。
ライナー　壁の中に金が……
リンダ　壁があるだけ。
ライナー　金箔が貼ってあるとか……
リンダ　壁に書いてあるの。名前、数字、数量、会話の断片、引用句、アイデア、詩。

（沈黙）

ライナー　それ書き写して、全部書き写してください。ひょっとしてそれでわかるかもしれない、何が起こったか。

（間）

リンダ　もう仕事はしてなかったと思うの。ライオン・アンド・ラムは……線で消されてた。
ライナー　何も知らなかった。何も言ってくれなかった。……僕の親友は。

リンダ　これが靴の中に見つかったの。
（小さなしわくちゃの紙切れを読んで）
……gracias doy a la desgracia
y a la mano con puñal
porque me mató tan mal,
y seguí cantando.
Cantando al sol como la cigarra
después de un año bajo la tierra,
igual que sobreviviente
que vuelve de la guerra……
（間）
どう思う。
ライナー　なんだよ、リンダさん、僕がイタリア語できるように見えるかい。
リンダ　これスペイン語だと思う。だからなんなの、私も外国語はできない、でもがんばってる少なくとも。読むぐらいなんとかなるわよ。
ライナー　そうだな、何て書いてあるんだ。
リンダ　意味はわからない。
ライナー　ってことは。僕らに役立たない。
リンダ　私には。……私には役立つわ、でも私もあなたと同じで。

ライナー　意味がわからないのに。

リンダ　聞こえないの、この響き。よく聞いて、聞いてみて、この響き……（二、三の語句を繰り返す）……歌えそうでしょ。

（間）

ライナー　ああ。言うとおりだ。想像できるよ。君がそれを、君がそのフレーズを、知らないスペイン語を歌えば、歌になるだろう。……そうだよ、僕にも聞こえてくる。僕には聞こえる。

（歌）

リンダ　それから彼は言った、このライナーは、その一万ユーロを子供たちのために貯めたのだと、大学まで行かせるためとか。彼に尋ねる、いくつなの、お子さんたち、彼は言う、まだいない、それ以前に奥さんもまだ見つかってない、彼は金額の要求水準をあまり押し下げたくないので、車のトランクの女たちでどうにかしようとする。つまりこの男は存在しない我が子の将来の資金調達を考えていて、今のところまだ、誰と我が子をつくれるのかさえわからない。それって病気じゃないかと思う。

（間）

でもそれもひっくるめて彼には好感が持てる。……信頼感すら。

三十一　痕跡　4

（シュミット氏。シュミット夫人。ヨーゼフ。）

シュミット氏　もう何日うちに居るんですか。いつまで長居を。
ヨーゼフ　それほど長居は。
シュミット氏　それほど長居は必要ない、とは言いませんでしたよ。数日でいい、二、三日で済む、そう言ったんですよあなたは。
ヨーゼフ　だから出て行きますよ。今日。今。……知りたかったことを全部知りましたから。あなたは知りたいことを全部知ってるんですか。
シュミット氏　どういう意味ですか。
ヨーゼフ　あなたは僕に何も聞かなかった。僕の存在がないような振りをしている。僕がいないような振りをしている、僕はここにあなたの隣にずっといるのに。僕がいないような振りをしている、僕がいることを知ってるのに、そうやってあなたが振る舞っているように振る舞っている、僕が居るから、あなたの隣に。僕があなたがたの話を聞いているのを、知っているから。
シュミット夫人　彼は動物だ。ここにいて、またいなくなる、でも私たちはずっとその息遣いを感じている。それは不快だ。私たちが吐いた息を彼は吸い、彼が吐いた息を私たちは吸う。それは不快だ。私たちは異なっている、お互い共有できるものは何もない。

ヨーゼフ　お互い共有できるものは何か知りたいなら、言いましょうか。言えますよ、気前のいい提供からできた子供について。子供ができた子供について。……言えますよ、過去についてと未来について。……あなたの一部である過去についてと、あなたのものになるかもしれない未来について、それを分かち合いたいと思うなら。

シュミット氏　あなたと何かを分け合いたいとは思いませんね。

シュミット夫人　私たちは彼について何も知りたいと思わない。私たちはすべて話した。私たちはすべて話した、私たちはほとんど何も話さなかったのだから。彼に話すことは何もない。

ヨーゼフ　あなたも僕と話してくれていいんですよ、シュミット夫人……イーダさん……、そして僕の目を見てくれても。あなたには目がある、花や芝生やカーテンや昼食を見つめるように僕を見つめることができる。僕には目があるからあなたを見つめる。あなたをずっと見ながら、口に出して言う、あなたは幸せじゃない。イーダさん、直接、目と目を合わせて、あなたは幸せじゃない。何も知りたくないんですか、それで満足なんですか、彼らの人生を了解済みですか、だから僕をここから消したいんですか。よく考えてください。出て行くときは出て行きますから。

シュミット夫人　怖いわ、ゲルハルト。

ヨーゼフ　（全部脱いで）そんなに僕が怖いなら、何か対抗策を講じたらどうですか。……殴るとか、熱湯をかけるとか、ナイフを取って切りつけたらいいでしょう、それともひたすら懇願ですか、出て行ってくれ、今すぐ、服も着ないで、裸で、おもてへ。もう僕を恐れなくてもいいように。

本当だ、この庭に忍び込んで見つからないよう隠れていたのは、本当だ。確証がなかったから。知りたかった、あなたがたがどんな外見で、何を着て、どんな話し方で、どんな臭いで、何が好物で、生活費を稼ぐために何をやってるのか。……知りたくてたまらなくて、じっと見ていようと思ったが、やっぱり確証がなかった。知り合いになれればと思ったが、自分でもわからなかった、あなたがたに会いたかったのか、目と目を合わせて。

難しい。ここに来て、この家に居ても、わからなかった、あなたがたに会いたかったのか。……今もわからない、あなたがたに会いたいのか、でもこういう状況になったからには、僕は後戻りできない。皆後戻りできない。

（沈黙）

シュミット夫人　恐ろしい展望が見える。間違いだったわ、ゲルハルト。あなたの気前のよさは間違いだったのよ。私たちは全部失うわ、全部、つくりあげてきたのに、私たちのために。

ヨーゼフ　お連れできますよ、あなたがたが知らなかった子供のところへ、これから生まれようとしている孫のところへも。

（沈黙）

シュミット氏　私たちはどうしたらいいんだ。
シュミット夫人　私たちはどうしたらいいの。何か得るものがあるのかしら、その時。
ヨーゼフ　僕は占い師ではありませんよ、イーダさん。神様でもありません。得るかもしれないし、失うかもしれない。決めるのは僕じゃない、あなたがたが決めるんです。ずっと決めてきたでしょう、これまでの人生。何をしてこようが、何をすることになろうが……後悔は禁物です。

（沈黙）

シュミット氏　後悔は禁物。
シュミット夫人　後悔は禁物、と彼は言った。
シュミット氏　私たちは間違いを犯した。
ヨーゼフ　今決められるんです。わかりました、エアバルメンさん、ありがとうエアバルメンさん、あなたの申し出を受け入れて未来を見つめます。われわれはオールを手に取り……言える範囲で言うなら、ともに運命に漕ぎ出します……オールを手に取り力を合わせて。……僕はそれでかまわない。良いも悪いもない。でもあるいは。ありがとうエアバルメンさん、ようこそわが家へお越しくださいました、ですが私たちはこれ以上交友範囲を広げたくないのです。どうか二度とおいでにならないでください。
それならそれで終わりです。

シュミット夫人　私たちどうしたらいいの。何かヒントが、手がかりがあるの……。何が起ころうとしてるの……

シュミット氏　私たちは間違いを犯した。

ヨーゼフ　かまいませんよ、どっちだって。正直、僕の熱は冷めた。完全に冷めた。僕は知りたくてたまらなくて、何でも知りたくてあなたがたのことを、今いくらかわかってみると……正直……、熱は冷めてしまった。

シュミット夫人　（ハンマーを手に取りヨーゼフに殴りかかる）

シュミット氏　（鉄のフライパンを手に取りヨーゼフに殴りかかる）

（二人は彼を殴り殺す。）

三十二　友達　2

（リンダ。ライナー。）

リンダ　一瞬も気が晴れなかった。もうずっと。
ライナー　僕にできるんなら、君に詩を書いてあげたい。歌でも。
リンダ　そうね。（間）捨てたもんじゃないかもね。

（沈黙）

リンダ　食事に誘ってよ。
ライナー　それならできる。
リンダ　今日。
ライナー　また今度。
リンダ　特別じゃなくていいの。二人一緒の夜。私たち二人の。

（沈黙）

リンダ　ピクニックとかは。
ライナー　僕は自然の中にいると自分がわからなくなってしまうんだ。

（沈黙）

リンダ　前に婚約者がいたの。ライナーっていう、あなたと同じ。……うまくいってた、続いてたあいだは。
ライナー　何かあったんだ。

リンダ　出て行った。そいつ、オーストラリアで仕事を見つけた、っていうのよ。鉱山の採掘。自然が大好きだった。野外が好きで、特に夜、大空の下で眠るの。

ライナー　オーストラリアか。ずいぶん遠いな。

リンダ　そう。……私には遠すぎた。（間）ライナーって呼んでた、あなたと同じ。本当は、ラインハルト。ライナーって呼ぶほうが私は好きだった。（間）それに暑すぎるでしょオーストラリアって。あと南のほうだと皮膚がんになりやすいっていうし、オゾンが少ないから。

（沈黙）

人ってなんで出て行くんだろう。ほかのどっかのほうがいいって考えるんだろう、生きてくのに。わからない。ここだって木はあるのに。草原もある。空もある。……私はそうじゃない。私は、人生がよくなるように力を使いたい、その逆はイヤ。……だってそのほうが近道でしょ……。

ライナー　人生をすばらしくするには金を出さなきゃ、リンダ。

リンダ　どういう意味。

ライナー　タダじゃないってこと。そのためには金が必要だ。……それがなけりゃ水の泡。君は外で眠ることになる、嫌々ながら。

（間）

リンダ　野生公園ができたら、あなたも必要とされるかもしれないわ。

ライナー　何のために。
リンダ　来訪者はハイキングしたりボルダリングしたり、ダイビングまでできたりする。滝があって、カヌーで渓流下りも……。
希望者はサバイバル講習を受けられる、二週間ひとりで森の中で食料も持たず。あなたの会社のトレーニングパンツは注文殺到よ。
ライナー　色々考えてるんだな。
リンダ　どうすればライターなしで火をおこせるか、どの植物が食用か、どうやって木の陰でビバークするか、狼に会ったらどうするか……そういうの全部学ぶ必要がある。あなたインストラクターやってみる……。
ライナー　僕はそこまで自然が好きじゃない、暖房やバスタブで温まってるのがいい。
リンダ　どうすれば私たち一緒に働けるかな。手に手を取って、ってね。
ライナー　その時だったのか、君らが野宿してて、君が雷に打たれたのは。
リンダ　私たちよく野宿してたの。
ライナー　それである時、そういう夜に、君は雷に打たれた。
リンダ　そう。
ライナー　どうだった。
リンダ　ふぅ。
ライナー　なぁどうだったんだ、知りたいんだよ、雷に打たれたこと一度もないから。
リンダ　まあ、雷雨になったのよね。……突然。……真夜中に。……強風で。風で目が覚めたの、雷じゃなくて。……嵐が、畑を草原を吹き抜ける。私たちは川岸の、木の下で、荷物は枝に掛けておいたの。風で毛布が吹き飛ばされて、靴も、リュックも、風で目が覚めたの、雷じゃなくて。……荷物は宙を舞って川に投げ出されて、川の水はどす黒くて。何も見えなかった。……稲妻が光ったときだけ、短く明るい断面が見えた。……私は風で目が覚めた、夜中で、何も聞こえなかった。

ライナー　君らはどうした。走って逃げた。

リンダ　私はライナーを探した。彼が見えなかった。……呼んでみたけど、全然聞こえないのこの嵐じゃ、誰も何も聞こえないほど。……いつのまにか私は走り出してた、畑の向こうの森の方へ、その瞬間やられた。あっという間だった、ものすごい破裂音がして、その破裂音だけわかったけど、あとは意識を失った。……ほんのちょっとのあいだ。どのくらいか、その時はわからなかったけど、ほんのちょっとのあいだだった。意識が戻ると、雨が降ってた。私は畑に倒れてた、起き上がってみると歩けた。気分が悪くてめまいがした、でも歩けた。森のはずれに止めてあった、車のところまで歩いた。

ライナー　ライナーはどうなった。

リンダ　別にどうも。車の中にいたわ、着いてみたら。

ライナー　君を置いて。

リンダ　私を呼んだんだって。

ライナー　君を置いて、車まで走ったのか、何もかも放り出して、君を放って、自分は安全な場所に逃げたのか、君を置いて……

リンダ　私を呼んだんだって、ずっと私を呼んでたんだって。……私は風で目が覚めたのよ。

（沈黙）

リンダ　それ以来私の指はマグネット。あとは何でもなかった。……めまいは時々するけど。……それと時々恋しくなる、すごくあのときの状況に戻りたくなる、そのあとの日々は……

ライナー　全然わからないな、君が磁石になってるなんて。
リンダ　そう……
ライナー　君はこんなに軽いのに。
リンダ　時々外へ出てみるの、風と雨のとき、雷雨の中、もう一度雷に打たれたい、その一心で。……こういうのって好きでたまらないっていうのともちょっと違う、もっとずっと強い気持ち。
ライナー　そんな強い気持ちになったことないな。
リンダ　ないの。
ライナー　ないな。めったにない、時によっては。そうなったら歯止めがきかなくなるかもしれないけど。
リンダ　今みたいに。
ライナー　今みたいに。

三十三　頭痛

（救急外来。モニカ。ガービ。ミラ。）

ミラ　頭痛どう。
モニカ　（かすかな声で）ダメ

（間）

ミラ　よくなったら、あたしたち帰れるのに。

（沈黙）

ミラ　（モニカに）もう一錠飲む。
ガービ　飲んだってしょうがないって。
ミラ　よくなるかもよ……
ガービ　そっとしときな、ほら、痛がってんじゃない。

（間）

ミラ　もう、きりないよ、ねぇ。（間）何時間かかるの、何時間。

（間）

ミラ　重症でこんなとこいてもダメじゃん、もう。このまま死んじゃうよ。（間）こういうときの救急外来だよね、救急外来ってそういうとこだよね。（間）あたしたちどんだけここにいるの。

（沈黙）

ミラ　もうもうもう。救急外来なのに。……考えてくれないと。こっちは緊急なんだから。

（間）

ミラ　（モニカに）まだよくならない、ねぇ。

（ガービは不機嫌に見る。）

ミラ　そっとしといてるでしょ。（間）そっちが聞いてよ。

（沈黙）

ミラ　もう、あたしたちお店の鍵かけてきてないんだよ、よく平気でいられるね。あたしのお尻んとこがヒリヒリするし。（モニカに）もう一個飲んどく……

ガービ　（落ち着き払って）一番いいのは、あんたが戻ることね、ミラ。店に戻って、私はここに残るから。

ミラ　バスで戻んなきゃいけないの、それともタクシー奮発していいの。……ヤだ、見捨てて行けないよ。……これ以上お客様サービスとか、あたしたちがここですることあるの。（間）ちょっと煙草吸いに行ってくる。（留まって）もしかしてちょうど誰か来たりして、あたしが出て行こうとすると、きっと来るんだよね医者とかが。賭けてもいい。

ガービ　じゃあそうなんじゃない、あんたは出て行く、何か起こるように。それで何か起こったら、また呼び戻してあげりゃいいんでしょ。

ミラ　うん、まあカリカリしないで。

（沈黙）

モニカ　（こめかみに手を伸ばして）血が出てる。

ガービ　見せて。

モニカ　ここ。……血が出てると、思うんだけど。

ガービ　この人血が出てる。

ミラ　見せてよ。……ちょっと髪の毛どけて。……この人血が出てる。……ねぇあなた、頭蓋骨に穴あいてるよ。

ガービ　こめかみに。

ミラ　なになになに。ねぇあなた、こめかみに穴があいてる。
ガービ　もしかして誰か来たりする。
ミラ　もしかして誰か来たりする。ここにこめかみの穴がある。
ガービ　ちょっと気分悪い。見てると、ちょっと気分悪くなる。
シュミット氏（医者）　（ミラに）トマソンさんですか……
ミラ　あたしはハルベ。ミラ・ハルベ。……その人はこっち。血が出てます、こめかみの穴から。
シュミット氏（医者）　どうしてこうなったんです。
ミラ　どうしてこうなったか……知りません、どうしてこうなったか。ここでのんびり一緒に座って待って喋っててちょうど煙草一本吸いに行こうと思ったけどやっぱりここにいたら急に血が出てきて……
シュミット氏　銃創のようだ。弾はまだ入ったままですか……
ガービ　私が入れたんじゃありません。出てきたのも見てません。弾がどっから飛んできたのかも知りません。
ミラ　前から入ってたんだよ。入ったまま来たんだよ。ここで弾が飛び交ってたら、あたしたちも喰らってるじゃん。
シュミット氏　トマソンさん……
モニカ　はい。
シュミット氏　トマソンさん、弾はまだ頭の中ですか……

モニカ　弾ってどの……

シュミット氏　結構です。緊急手術します。

モニカ　血が出てる……ここ。血が出てる。

ミラ　彼女はあたしたちの店の中に立ってた。ガービがやってる古着屋。そこに立ってて、ひどい頭痛がする、って言って。洋服掛けの前で吐く。でも酔っぱらってるわけでもハイになってるとかでもなかった、あたしたちは思った、ヘンな魚の毒に当たったんじゃないの、自然は残酷、まずいことになるかもよ、すぐなんかしないといけないんじゃない。頭痛だけ、でも吐いたし、じゃあ病院に連れてこう、ガービが運転して、あたしが手を握って、あたしたちは店の戸締まりを忘れてしまった、彼女はすごく悲しげだった……

ガービ　彼女はすごく悲しげだった、頭痛がして、すごく悲しげだった……。私たちはとっさに助けただけ、それだけ。それで終わったけど……

ミラ　どうなっちゃうのかなこれから……

三十四　友達　3

（リンダ。ライナー。）

リンダ　どうなるのかなこの先いろいろ。どうなるのかな私たちのこの先の人生。
ライナー　物事はゆっくり変わってくんだ、気づかないくらい。でもやがて、いつのまにか、すべて変わってるんだ。

（間）

リンダ　温泉浴場は廃業になる。前に話したわよね……。温泉浴場は廃業になって取り壊される。水質はいいんだけど、建物の老朽化。施設全体の老朽化。私ひとりが、温泉につかってる日も少なくないし。終業後ね。仕事が片づいてから、明かりをつけっぱなしにして、全部、それが唯一の浪費、全部の明かりが私だけのためについてる。そうやって硫黄泉に入るの。（間）私の肌すごく柔らかいのよ。

（沈黙）

ライナー　明日発たなきゃいけないんだ、リンダ。
リンダ　どこへ。

（沈黙）

リンダ　もう一度フィンのとこへ行ってみたの。確かめたくて、何か見過ごしてなかったか。あなたのお金のこと本当に書き残してなかったか。……フィンが根っからの戦士だったなんて、あなたも思わないでしょ。

ライナー　いや。そんなことない。

リンダ　何かあったのかもしれない、でも何が、私たちが会わないでいた、長い間に。

ライナー　僕は憶測はしない。

リンダ　壁の言葉を書き写してきたの。（読む）「彼は子供のころ一度重い病気にかかった。原因はわからなかった、病気の症状でかなり衰弱し、医者に見放されそうになった。父親だけは彼のベッドにつきっきりで何度も何度も言った、おまえは戦うんだ。戦うんだおまえは。戦え。この言葉は彼に残った、彼の生活に行動についてまわり、彼の考えを規定した、そして彼は、この指示に日々新たに従っていかなければと思っていた、たとえ時とともにどんどんわからなくなっていっても、戦いの理由や目標や意図、目的が何だったのか……この戦いはいったい何だったのか。」

（沈黙）

タイトル、自由な外の不安。

（沈黙）

リンダ　ミスター・マハチェク……
チェキ……
あなたの名前は見つからなかった。名前も番号も。

ライナー　何が言いたいんだ。

リンダ　私調べたの。壁の文字。あなたの名前は見つからなかった。

ライナー　彼は僕を消したんだ。僕を消したんだ、僕の金を消したように。

リンダ　もしかしたらあなたはなかったのかもしれない。もしかしたらあなたとあなたの友情はなかったのかもしれない。もしかしたらあなたたちの友情はなかったのかもしれない。

ライナー　君の兄弟は戦士なんかじゃなかったよ、リンダ。かけはなれてた。君の兄弟は肝心なことが何かわかってなかった、。君の兄弟は、どうして自分の足を地につけるのかがわかってなかった。そう見えるよ。

（間）

トマソンのこと、言ってたっけな、トマソン、日本の哲学者の発明だっていう(7)。……フィン、何考えてんだ？　……うん、と彼は言って、トマソンって、何の役に立つのか誰も知らない物のことをいうんだ。それにどういう意味があるのか誰も知らない物体。つまり前は、そう、ずっと前にはあったんだ、時間軸に沿って後ろへ遡れば、誰もまともに覚えてすらいないとこまで、だけど全部本か何かに記録されてる、つまり誰かが書き留めてる、何か使い道はあったんだ。そのトマソンの、その物体の。どこかの誰かが考えついて、それをある目的のために必要としたんだ。でもなくなってしまった。目的は。全体がひどく壊れてたり、部分的に取れたり、飛んでったり、切られたり、事故も事件も、いろんなことがあって、今あるのは残骸。半分になって、四分の一になって、キャベツの茎みたいになって。そして今は。ただなんとなくそこにあるだけで、わからない、それもどうでもいい。どっちでもいい。結局のところ意味なし、以上。そういうやつだって、フィンは言った、そういうやつだって、君の兄弟は言った、そういうやつだよ僕は、トマソンだ。目的なし。意味なし。ずっとそうだった。生まれた時から。救いようがない。

（沈黙）

リンダ　そんなこと言ってない。
ライナー　君の兄弟はね、リンダ、諦めたんだ、彼は諦めたんだ。
リンダ　不安だったのよ。
ライナー　それもどうでもいい。
リンダ　もしかしたらあなたのお金なんてなかったんじゃない。
もしかしたら私の兄弟にとってあなたは価値がなかったんじゃない。
保存して記憶しておく価値がなかったんじゃない。
自分が死んだあとも残しておく価値がなかったんじゃない。
もしかしたら逆だったかもしれない。
もしかしたらあいつがあなたにお金を貸した。そして返してもらえなかったのかもしれない。
それであいつはメチャメチャになった。
ライナー　（首を横に振る）

リンダ　何をするつもりなの、これから……
騙すの。
盗むの。また盗むの。
ライナー　僕はフィンから何も盗んでないよ、リンダ……
リンダ　嘘つくの……
また嘘つくの……
ライナー　君に嘘はついてないよ。（間）ほとんど。……君に黙ってたことはある、確かに。今言うよ。
リンダ　何……

（間）

ライナー　いや、たいしたことじゃない。
リンダ　何……
ライナー　またいつか会おう。

三十五　疑問　2

（喪服のミラ。）


もう遅すぎる。

もう堕ろせないし。

あたしが黙ってりゃよかったお父さん誰なんて聞かなきゃよかった。

あんたが言わなきゃよかった聞かなきゃよかった何も知りたがらなきゃよかった。

もう遅すぎる。

養子縁組すればって。

そんなのできるわけないじゃん。

もう遅すぎる。

あたしが黙ってりゃよかった何も言わなきゃ何も聞かなきゃ何も知りたがらなきゃよかった。

もうこの子はお父さんの顔を見れない。

（間）

もう遅すぎる。

もう堕ろせないし。

あたしが黙ってりゃよかったお父さん誰なんて聞かなきゃよかった。

あんたが言わなきゃよかった聞かなきゃよかった何も知りたがらなきゃよかった。

もう遅すぎる。

養子縁組すればって。

そんなのできるわけないじゃん。

もう遅すぎる。

あたしが黙ってりゃよかった何も言わなきゃ何も聞かなきゃ何も知りたがらなきゃよかった。

もうこの子はお父さんの顔を見れない。

（間）

もう遅すぎる。


（果てしなく続く）

三十六　日曜日　3

（リンダ。エルヴィン。）

リンダ　彼にそれを言うつもりだった、もちろん。だからここに来た。言うつもりだった、お父さん、フィンが死んだ。あるいは、エルヴィン、あなたの息子はもう生きてはいない。あるいは、ヘイ、じいちゃん、息子より長生きしちゃったね。……それでもし聞かれたら、なんでまた、なんで死んだのかと、私は何と答えたらいいだろう。彼に何と答えられるだろう。私が何を知っているのだろう。……最後に私は何も言わなかった。そのことは黙っていた。彼の一人息子の死を黙っていた。

（間）

リンダ　知ってるでしょ、フィンがずっと日本に行きたがってたの。
エルヴィン　さぁな。日本は知らん。日本は初耳だ。
リンダ　そんなことないでしょ。
エルヴィン　なんでまた日本なんかへ。……ならどうして電話をよこさないんだ。コードレス電話を発明したのは日本人だろ。どうしてあの子の声を聞けないいんだ。

リンダ　なんか……。そうよ、なんか沈黙の誓いを立てたとかって。

（間）

エルヴィン　やつは坊さんになったのか……。坊主頭になって禅の文句を唱えて……

リンダ　ないでしょ、それはないと思うけど。

エルヴィン　思うけど……。じゃあ何だ。洞窟に住んでるのか。……そういう宗派か。……何があったのか。……手紙ぐらい書けるだろうに。

リンダ　世俗を絶つとかそういうのじゃないの。

エルヴィン　いつまで。

リンダ　無期限。

エルヴィン　馬鹿馬鹿しいにもほどがある。

（沈黙）

エルヴィン　ジャスミンが咲き始めた。……黄金色に。……この真冬に。

リンダ　きれいよ、パパ。

エルヴィン　もうろくしたと思ってるのか。もちろんきれいだ。わかってるさ、それがウインタージャスミンだということぐらい。言いたかっただけだ。咲き始めたんだよ。冬に。……日本にはないだろう。

リンダ　日本には何でもあるんじゃないかな。
エルヴィン　そうか。じゃあ何のために私の息子が必要なんだ。

（沈黙）

エルヴィン　日本に引き止められてるのか。何かの理由で引き止められてるのか。本当のことを言ってくれ。
リンダ　あいつのスカーフを持ってきたわ。

（間）

エルヴィン　やつのスカーフをどうしろと。ひょっとして裸同然でさまよい歩いてるのか、日本で。……日本は雪が降るんだぞ。ものすごく。
リンダ　記念の品、思い出の品。
エルヴィン　日本は寒い、相当寒くて、日本人は凍えてばかりいるせいで縮こまって足が曲がってしまうんだ。
リンダ　それを旅立つまで身につけてたの。この赤いの、思い出さない、この赤、サクランボを思い出すでしょ、時々あいつと一緒に摘んでたじゃない。
エルヴィン　今日はなんでまた感傷的な話になるんだ。サクランボ狩り、といっても……サクランボなど全く覚えがないぞ、でたらめじゃないのか。……日本ではどれくらいサクランボが自生するんだ、日本は相当に寒いので、温める貼り薬も発明した、私が言って

リンダ　るのは、服に貼り付けると放熱する貼り薬だ、敏感な部位にしもやけができないようにな。いいかげんおしえてくれ、やつのスカーフをどうしろというんだ、ここで。

リンダ　フィンから渡された、そのままの状態にしてあるの。その、縁の小さな穴、髪の毛が二、三本からまって、シェービング・ローションの……

エルヴィン　（それをちょっと嗅いでみて）いいか、私は犬じゃないぞ、どういうわけで臭いの染みついた布切れを差し出されなきゃならんのだ。これを嗅げば家族のもとに戻れるのか。

（沈黙）

エルヴィン　これは血か。……血の滴か……。

（沈黙）

エルヴィン　何があったんだ。いったい何があったんだ。……あの子はいつ帰ってくるんだ。

（間）

リンダ　わからないのよ、パパ。

エルヴィン　わかった、なら我々が行くまでだ。

リンダ　日本へ……

エルヴィン　この後に及んでましな口実のひとつも思いつけんのか。

（長い沈黙）

エルヴィン　誰かわかってくれ。……あの子はずいぶん長いこと訪ねて来ないんだ。……三年かもっとか。

（沈黙）

エルヴィン　天災だったのか。……おしえてくれ。……天災だったのか。

（沈黙）

三十七　それから

（リンダ。エルヴィン。トーマス。モニカ。〈子供。〉）

別のある日
リンダは店に入る。テーブル予約は、三人分。
エルヴィンは待っている。一人。
トーマスと子供が向こうに座っている、窓際。

もう一人のミセス・トマソンが外を通りかかり、
二人を見て、手を上げる
窓ガラスに、コンコンとはしない。
彼女は入ってくる、
リンダは軽く頷き挨拶……。
もう一人のミセス・トマソンは椅子をあちこち
動かして、子供の隣に座る。
彼女はリンダとわからないか、
わからない振り……。
頭に包帯を巻いている。
（沈黙）
エルヴィンはグラスを回して、すっぽかされたよ。
ダヴィドフさんはもう来ないな。
リンダは何かバッグから取り出す。
彼女は手を伸ばす、その手には
マグネットの指、小さな赤い金属製の
おもちゃの自動車をテーブルの上に走らせる、遠隔操作で、
指の動きだけで。
行って戻って。ぐるりとまわる。

子供はほほえむ。

訳注

（1）ライン粘板岩山地の南西の高原。エドガー・ライツ（Edgar Reitz 1932-）監督の長編映画シリーズ『故郷』の舞台で有名。

（2）「ロバがうれしくなると氷の上へダンスに出かける」という諺。調子に乗るとけがをする喩え。

（3）エアバルメン（Erbarmen）は憐れみ、慈悲の意。

（4）白内障の意のStarは、ホシムクドリの意もある。

（5）アルフレート・ブレーム（Alfred Edmund Brehm 1829-1884）はドイツの動物学者。

（6）アルゼンチンの歌手、マリア・エレナ・ワルシュ（María Elena Walsh 1930-2011）が歌う『蝉のように』（Como la cigarra 1972）。原書の巻末に補遺としてスペイン語の原詞とドイツ語の訳詞（M. Soledad Lagos 訳）が掲載されている――「何度も私は殺された、何度も私は死んだ。けれど私はここにいる、再びよみがえって。（引用箇所は以下）不幸に感謝、ナイフを持った手にも、その手が私を無残に殺しても、私は歌い続けたのだから。（続く以下は〈三十〉で引用）蝉のように太陽を浴びて私は歌う、土の下で一年を過ごし、生きながらえて、戦争から帰る者のように」。

（7）原書の巻末に補遺として以下のような作者注釈がある――「公共空間で役に立たないものを指す〈トマソン〉という概念と着想は日本の美術家、赤瀬川原平に由来する。彼は一九七〇年代にこの考えを広め、東京の幾多の事例をもとに記録をまとめている」。

黒い湖のほとりで

Am Schwarzen See

村瀬民子訳

登場人物

エルゼ　四十歳位
ジョニー　四十二歳位
クレオ　四十二歳位
エディー　四十五歳位

この話は、黒い湖のほとりで演じられる。
現在。

一

クレオ　あら来てくれたのね
エディー　やっと来たなあ
エルゼ　ようやく着いたわ
クレオ　私たち午後ずっと
午後ずっと私たち
エディー　無事だといいなってクレオに言ってた
ジョニー　僕らは二、三回休んだ
途中で
二、三回ね
エルゼ　私たち高速道路使わなかったの
もうダメと思ったら
ときどき休んで
ジョニー　ただもう
道路の端に車を停めて
二、三歩歩いたり

　　　ひと息入れたり
エルゼ　ちょっとだけ
　　　車を降りるの
エディー　ようやくのご到着だ
　　　もう何かあったのかと思ったよ
ジョニー　いやいや
　　　ちょっと休憩していただけだ
　　　ドライブは、エルゼに
　　　負担が大きいんだ
クレオ　あなたがた道はわかったかしら
ジョニー　道はわかったよ
　　　道は思い出せた
エルゼ　そうそう
　　　全部思い出したわ
　　　四年間
　　　四年じゃそんなに変わらないし

（静寂）

ジョニー　でもここは、全部からっぽになってしまったね

それとも、部屋が広くなったのかな
天井が高くなったとか
僕の記憶ではそう
ずっと広くなったね
それともそう見えるだけかな

クレオ　ああ　私たちかなりのものを手放したの
あげてしまったの

エルゼ　ちょっと外を見ていいかしら

エディー　やっとだ
午後ずっと待っていた
もうすぐ暗くなる

クレオ　あなたがた来てくれたのね
無事で良かった

エルゼ　ちょっと見て
ほら
夕焼けで、空が
黄色に
すごい黄色
金色みたいだけれど、でも黄色よ

そして外にあれが広がっている
外にあの湖が広がっている
黒い湖
見てほら
いつも通り

二

エディー　僕らの初めての夜
エルゼ　あの頃
エディー　僕らの初めての夜
　　　　あの頃
クレオ　あれは夕方だった
　　　　あの頃は私たちばらばらじゃなかった
　　　　まだ、ね
エルゼ　あの頃はまだ何か
　　　　特別な感じがしたわ
エディー　ああ

楽しかった
ジョニー　いや、楽しくなかった
クレオ　私たちみんな
お互いに
エルゼ　ひと目惚れしたみたいだった
そんな感じだったわ
クレオ　こんなふうに言ってもいいのかしら
ねえ
エディー　そうだよ、そうだったよ
エルゼ　みんな笑顔だったわ
ジョニー　僕は心配だった
（エルゼに向かって）僕は君のことが心配だった
クレオ　そんなことないわ、楽しかった
エルゼ　私たちまだ
ここに引っ越したばかりだったし
クレオ　だからあなたがたご夫婦を、うちにご招待したのよね
エディー　まあ他人から見たら
黒い湖に散歩に来たみたいだったな
ジョニー　（無表情に）ちょっと湖に、ふらっと立ち寄る

エディー　四人だった
それから

（間）

ジョニー　四人だった
エルゼ　私たち、すごくお行儀良くしてた
ジョニーと私は
とびきりきちんとした服を着て礼儀正しく

（間）

その前に思っていたの
絶対すごく堅苦しい雰囲気になるって
それか、むりやり明るくしなきゃって
私、ジョニーに言ったの
お願いだから、さっさと済ませましょうねって言ったの

（四人全員が少し笑う、緊張感がただよう）

ジョニー　エルゼと僕は
僕たちは

クレオ　私たちみんな
お互いに
ひと目惚れしたみたいだった

（間）

エルゼ　私たちは、会話はあまり好きじゃないの
好きじゃないの
あまり人と会話しないのよ
夜に人に会うのは好きじゃなかった
だけど
努力した
いっしょうけんめい
努力したの
ここに引っ越したばかりだったし
いつものように、引っ越したばかりだから
だから努力しなきゃ
ジョニー　あなたがたは一番大事なクライアントだった
うちの銀行の一番大事なクライアントだった
エディー　（笑って）君には一番デカい融資先だな

そうだな　ジョニー
黒い湖のほとりのビール工場
何代も前から続くきれいな湧き水
などなど
（笑う）

クレオ　君には、一番デカい融資先だな

エルゼ　一番大事なクライアントね
私、ジョニーに言ったの
お願い
今日は、お金の話はしないでって
だから

クレオ　お金の話は、全くしなかった
そうよね

エディー　他人から見たら
湖に散歩に来たみたいだった

エルゼ　それからエディーは少し先を急いでいた

エディー　ボートに乗ろう
湖に出よう
（笑う）

（短い間）

ジョニー　（無表情に）エディーは魚釣りをしたかったんだ
　　　　　夜中なのに
エディー　まだ夕方だったよ
　　　　　まだ暗くなってなかった
　　　　　湖にボートで出よう
ジョニー　あの頃、まだ
　　　　　クレオは
　　　　　ベッカー氏の奥様という感じだった
　　　　　嫌だな
クレオ　　でもエディーはもう夢中だったわ
エルゼ　　それからエディーは、私たちも巻き込んで
　　　　　先に走って行ったの
ジョニー　あれが初めての夜だった
　　　　　僕らはまだお互いよく知らなかった
エルゼ　　全然知らなかったわ
クレオ　　そして私たちだけだったわね
　　　　　四人だけだった

（短い間）

エディー　あの場所に向かい、僕は走った
　　　　岸辺のあの場所へ
　　　　ボートがある場所
　　　　そして僕はボートを
　　　　水に半分ほど押し出して
　　　　君たちを待っていた
エルゼ　それからエディーは私たちを引っ張って
　　　　笑って
　　　　しつこく迫った
　　　　それから
ジョニー　こっちを引けとか
　　　　あっちを押せとか
　　　　むりやりやらされた
　　　　エディーにむりやりやらされた
エディー　それでクレオも根負けして
エルゼ　それからエディーはボートを湖に進めたの
　　　　「君らは座ってくれ」と叫んで

クレオ　「座って」と言って
エディーは湖の中に入った
スーツを着てたのに
それからジョニーがオールを持って漕いで
エディーもボートに飛び乗って来た
エディーはどうしても仕掛け網のところに
ボートで行きたかったの
どうしても仕掛け網のところにに行って
魚を取りたかったの
「無理よ」と私は言ったんだけど
魚は漁師さんのものなんだし
エルゼ　でもエディーは
「大丈夫、できるよ」と言ってた
「今日は仕掛け網は僕のもの」
ジョニー　それでクレオが言ったな
「家にお食事が用意してあるのよ」って
エルゼ　それからエディーは、今度は
ボートの中に釣り竿を見つけた
そうしたらもう止まらない

エディー　月夜に、魚釣りだ
星空の下　銀色の魚たち
気分が上がってもう最高だ
クレオ　煙が見えて
うちのキッチンに炎が上がっていて
お料理が真っ黒に焦げてしまった
エルゼ　でもエディーはもう釣り竿を
振って投げ入れていて
船の先に立っていた
それから
ジョニー　興奮して
得意になってやっていた
クレオ　いいかげんにして
もう帰りましょうよ
エルゼ　クレオも立ち上がっていたわ
ジョニーは漕ぐのをやめていた
ボートはかなり流されていたの
それからエディーが言った
「楽しむんだよ

楽しめばいいんだよ」って
（短い間）
どうしたのかしら
息が苦しい

エディー　やれやれまた発作か
（間）
こんな楽しい夜も
ムダになってしまう

エルゼ　それからエディーは振り向いて
釣り竿を片手に持って
ジョニーにウィンクした
「こっちに来いよ
漕ぐのを交代しよう
それをそこに置いて
こっちに来い」
ジョニーはためらっていた
（短い間）
どうしたのかしら
息が苦しい

ジョニー　僕は心配だった
そのあいだずっと
心配だったんだ
エルゼのことが
エルゼは心臓が悪い
人にあまり言わないが
エルゼは自分の弱みを言わない
だがもし興奮したり
何かショックなことがあったら
言うまでもないが
エルゼの心臓が止まってしまう
ことだってある
僕は気を付けなければならない
彼女の心臓がいつも規則正しく動くように
見慣れぬものがないように
予期せぬものもないように
突然のこともないようにする
僕は彼女とそう約束したんだ
(かっとする)

僕らが結婚する前
約束したんだ
僕が気を付けるからと

エディー　おい　ジョニー来いよ
こっちに来い
来るんだ
場所を交換しよう

エルゼ　そしてジョニーはためらっている

クレオ　エディーはもちろん
からかうつもりで
ジョニーが立ち上がった瞬間
エディーが端に寄ってゆすぶって
こっちに跳んだり
あっちに跳んだり

エルゼ　踊って踊って踊って
君たち
水の上で踊ってよ
ほら、魚みたいに
跳んで

ピチピチ元気に跳ねまわる魚
夜に水面からジャンプして
ヒレの
先の先の先っぽで
波にのって

クレオ　そしてエディーは、ボートからジャンプした
ジョニー　僕は、わきに落ちてしまった
クレオ　クレオは、向こうの方に投げ飛ばされて
僕は、やっとのことでエルゼの袖をつかんだ
エルゼ　私たち、転覆してしまった
クレオ　エディーは大満足よ
楽しんでいた

（少し笑う）

エルゼ　私たち転覆してしまった

（間）

ジョニー　僕は心配だった
そのあいだずっと

心配だったんだ
エルゼのことが
僕は、彼女と約束したんだ

（間）

エディー　（笑って）
エルゼ　（同じく笑って）
クレオ　私たちは
岸辺へ泳いだ
私たちはみんな
岸辺へ泳いだ

（間）

ありがたいことに、まだ真っ暗ではなかった
エディー　そうだね
月が照っていたんだ
クレオ　（優しく）あなたはばかね
エディー　そして誰がボートを取りに行ったか
一人で

（笑う）

（沈黙）

ジョニー　あのことを今は
なんでもなかったみたいに

エディー　あれが初めて出会った夜だった
私たちだけだった

クレオ　四人だけ
ちょうど今日みたいね

（間）

エルゼ　あの頃はまだ、それでも
特別な感じがしたわ
なぜって
私たち、友達がそんなにいなかった
そうよね　ジョニー

ジョニー　あのことを今は
なんでもなかったみたいに
自分のことは、わからないものだな

エルゼ　そしてその後

真っ黒になって煙くさいキッチンで
エディーはひどく酔っぱらっていた

エディー　生きるって本当にいいなあ

エルゼ　私は笑って
笑って
あんなに笑ったのは、久しぶりだったわ
びしょぬれの服を
窓にかけたわね

クレオ

(間)

ジョニー　そしてフリッツが顔を出した
「何が起きたの」と

(間)

エディー　僕らは転覆してしまった
(笑う)
料理が焦げてしまった

(笑う)

ジョニー　そしてフリッツが何か
そのことについて言った
そうだな
そうだ
クレオ　なんだったかしら
フリッツが言ったのは
ジョニー　僕はもう思い出せない
ただあの子が何か意見を言ったのを覚えている
エディー　どんな
ジョニー　もう覚えてない
エディー　あの子は機嫌が悪かったのかな
ジョニー　そんなことはない　なんでだ
だめだ　もうわからない
エルゼ　ゆっくり考えてみて
ひょっとしたら

（沈黙）

ジョニー　思い出せない

（間）

エルゼ　私たちパンとりんごを食べたの
それからエディーは飲んでいた

エディー　僕らの初めての夜だった
ばらばらじゃなかった
そうだった

ジョニー　家に帰ってニーナに
話した

（沈黙）

クレオ　楽しい夜だったわ
本当に楽しい夜だった

エルゼ　まるで
約束されていたような
夜

ジョニー　そうだな
（間）
そうして僕らは

目を背けられない

三

エディー　長い間
会わなかったな
ジョニー　そうだな　長い間会わなかった

（間）

エディー　四年間かな
ジョニー　そうだ
四年間
エディー　君たちがもう一度ここに来るとは
思わなかった
ジョニー　そうか
エディー　二度と来ないと思っていた
時々　あれを話し合った時に
「あの人たちはもう来ないわ」とクレオが言っていた

（間）

ジョニー　エルゼと君　君たちは
ときどき
連絡を取っていたね

エディー　稀にね
ごく稀に
全部消えないように一言二言
全部すっかり消えないように
世界から何もかも無くならないように

（沈黙）

エディー　それから君は
街でどんな風に過ごしていたのかな
勤め先の銀行で出世したかい
社長室にいるのかな
会議の議長とか

ジョニー　そんなことはない
ちっぽけなともしびだ

今もこれからも

（短く笑う）

エディー　今も融資課にいるの

ジョニー　少しだけ大きい支店に移動になった

街中のね

それだけだ

（間）

エディー　だから僕は思ったんだ

この人は出世階段を駆け上がるって

思った

（間）

まあ　君も何かしらあるんだな

でも僕は

出世も速いだろうって

思ったよ

（間）

そうしてやっと大都市だ

大都市に行きたかったのだろうね

（間）

ジョニー　もちろん
プレッシャーは大きいです

エディー　そうだね

（沈黙）

ジョニー　そうだ
今からドライブしよう
ちょっと
出よう
外に

エディー　いいね
どこに行く

ジョニー　海に向かって
どこか海岸に

（間）

エディー　僕らにそんな余裕はないってクレオが言う
一緒にバカンスに出かけたのはいつだったかな
クレオと僕は
この数年
全然行ってない
ジョニー　知ってるかな　エディー　僕はね
僕は
僕は二、三週間前
倒れてしまった
それで
エディー　そうだな、うまくやるんだ
出世しろ
もっと出世しろ
立ち上がれ
なんとかしろ
なんとかできるだろ、そうだろ
ジョニー　もちろんです

（間）

エディー　ここに留まって外に出ない
その方がずっと良かった
君たちのために
そうだろう
ジョニー　そうです

（間）

エディー　（笑って）僕らも外に出ない
（間）
だが僕らは出られなかった

四

エルゼ　あなたがたのところは、まだ、あのお部屋
フリッツの部屋はあるの
ジョニー　エルゼ　頼むからやめろ
エルゼ　いやよ　どうしてよ
私たち引っ越したの

だから私たちのところには
「ニーナの部屋」はもうないの
私たち、ニーナの部屋を段ボールの箱に入れて
運び出したの

ジョニー　まあそうだな、運び出した
それはまだある
二メートル掛ける三メートルの大きさのトランクルームを借りて
ニーナの部屋の箱を置いた
そこに今はしまってある

エルゼ　(きっぱりと)「ニーナの部屋」はもうないの
でもフリッツの部屋はたぶんまだあるのね
たぶんまだ取ってあるのね
以前と全く同じに
以前と同じに

(沈黙)

クレオ　そうね
まだあるわ

（間）

エディー　僕らはその部屋をそっとしておいた
それが一番簡単だった

（沈黙）

エディー　（きっぱりと）ドアは閉まっている
誰も入らない
それでいいんだ

五

ジョニー　（クレオに向かって）以前あの子に質問したことあるかな
あの時、フリッツに、君は質問したのかな
銀行の前で打ち合わせした時
あの子があの時何を聴いたか

クレオ　何のことかしら
まあ　フリッツにあれを尋ねたことはないわね

打ち合わせは何度もあったし
ジョニー　そうだね、でもあれだよ
あの時のだよ
エディー　あの子が何を聴いたと言うんだ
ジョニー　まあ　僕がクレオに言ったことだ
僕が言ったことで
クレオ　もう今は重要ではないわ
ジョニー　そんなことはない
ひょっとしたら、フリッツは誤解したかもしれないよ
クレオ　ジョニー、あれは誤解しようがないわ
ジョニー　じゃあ思い出せるのかい
僕の考えていることがわかるはずだ
エルゼ　何のお話なの
ジョニー　僕らが会った一週間ぐらい後の話だ
クレオが僕に会いに銀行に来た
昼頃でアポはなかった
僕とちょっと外出したいとクレオは言った
タバコの吸えるところに
僕らは駐車場に行った

芝生があって少し植え込みもあるところ
クレオは「先週はごめんなさいね」と言った
「お料理は真っ黒に焦げてしまったしお洋服もびしょぬれになってしまったのに
なにもできなくて
それに二日酔いもひどかったでしょう」
たしかに二日酔いもひどかった
気にしないで下さい、と僕は言ってにっこりした
少し痛かった

クレオ　濡れた灰皿の中で夜明かししたみたいだった
私にはそう思えたの

ジョニー　一晩で僕の内側に毛皮が生えたみたいだった
きのこみたいなひどい臭いがした

（間）

暑くて風がなかった
緑の芝生の上だった
そして犬のフンが散らばりコンドームが一つ落ちていた
高速道路の騒音が聞こえた
それからクレオが始めた
クレオはあの数年すごく働いていたのだろう

エディーとクレオ

二人がビール工場を譲り受けてからというもの
休みなく仕事を続け、機械を新型に交換し投資していた
そして誰も解雇しなかった
それどころか新しく雇い入れた
これからどうなるか僕はもう予想がついた
クレオは急所に差しかかっている
クレオは言った
「うまくいっています」と
規則正しく利子を支払っていた
銀行に何か文句をつけたことも、まだなかった
失礼にならないように注意しながら
僕は話をやめようとした
しかしもう始まっていた
クレオの口から「お願いです」という言葉が出てきた
なんだかつぶれたような声だった
ビールを瓶に注ぐ機械をどうしても新しくしたい
その機械を至急交換しなければならない
そうしないと会社は倒産する

故障が起き、ビール瓶が割れ、事故になる
いろいろあって採算が合わない
働いている人の福祉も
ひょっとしたら打ち切らなければならないかもしれない
そうなったら家族はどうなるでしょう
クレオは
銀行が融資する枠をもっと大きくしてほしいと
一生懸命頼んだ

クレオ

暑くて風がなかった
緑の芝生の上だった
そして犬のフンが散らばり、コンドームが一つ落ちていた
高速道路の騒音が聞こえた

ジョニー

僕の方もすでに考えがあった
彼女は僕の顔をじっと見ていた
「ジョニーさん、あなたがここに来たばかりって知っています
でもあなたの前任者はいつもすごく助けてくれたんです
お互いさまでしょう」
僕は頭を振った
彼女は試している

「うちの夫はビジネスのことがもう全然わかっていないんです
もし私が全部管理しなかったら」
僕は言った
「わかっているよ、クレオ
お店を切り盛りしているのは君だ　君が全権を持っている
彼の方にも彼なりの理由があるでしょう」
彼女はまるで闘犬のように
隙をめがけて大急ぎで走った
「エディーは大らかすぎるんです
雇い人にボーナスを出したり
病院の支払いを引き受けたり
隣の建物に二家族も住んでいるのにタダ同然です　はっきり言えば
マザーテレサみたいなファーザーテレサが工場にいるんです」
だから赤字が出て
クレオが難題に取り組まなければならない
そのとき僕にできたのは、
また礼儀正しい言葉使いに戻り、話すことだけだった
そのとき駐車場の端の方から
道路から

クレオ

ジョニー　誰かが私たちのところに来たの
ベッカー夫人、と僕は言った
「よろしいですか、ベッカー夫人、ビール工場の限度額はもうぎりぎり一杯です
融資枠も担保も限度額は
ぎりぎり一杯です
ですのでこれ以上は無理です」

クレオ　もしまだ余裕があったら

（沈黙）

ジョニー　そして彼女は、あるしぐさをした
手と指で
まるで彼女が僕を触りたいみたいに
そして僕に触った
彼女の指が僕のひじに触れた
暑くて風がなかった
高速道路の騒音が聞こえた

（沈黙）

ジョニー　そして僕は思った
よくわからないが
これは何かのアプローチか
それとも

（間）

クレオ　（笑って）違うわ
そんなこと考えていたの
ジョニー　だから
あのときは変になっていたんだ

（沈黙）

ジョニー　だが僕は思い違いしていた
というのは今でも覚えている
フリッツが僕の後ろに立っていた
あの子は僕らの話を邪魔するつもりはなかった
だが話の最後を聴いていたにちがいない
そして僕は今日もそのことを考える
僕の話したことを

完全に借り過ぎでぎりぎり一杯だ　余裕がない
フリッツは考えたに違いない
両親がいじめられてる
フリッツは思った　食べるものも取り上げられる
フリッツは思った　両親がバカにされている
ぺしゃんこにされて
ゴミの中のパンくずみたいに踏みつぶされてしまう、と

六

エディー　君たちはすぐ
慣れたのかな
ジョニー　二年かかった
エルゼ　そうよ　二年間
ずっと引きずったけれど
だんだん
ゆっくりと
慣れた

そうでもないかも

エディー　じゃあちょうどその頃

エルゼ　ちょうどその頃
私たちは思ったの
私たちはやっと
だんだん
慣れたんだ
と気づいて嬉しかったの

エディー　それであの子
ニーナのことも

エルゼ　ニーナはこういう
引っ越しは辛くなかった
私たちみたいに
慣れるまで大変ということもなかった

ジョニー　僕らが気づかなかっただけかも
もしあの子があの頃
新しい街になじむのに苦労していたら

エルゼ　わかったと思う

（間）

あの子がそう言ってくれていたら
あの子が私たちと話していたら
私たちは気づいたかもしれない
そうでもないかな
違うかも

ジョニー　僕らはそれ以前に二、三度
引っ越ししていた
小さな町から隣の町へと

エルゼ　三、四年ごとに
新規に立ち上げる
別の支店に移動になるのよね
なにかしらごたごたのある支店
それを、あなたが解決しなければならない

ジョニー　それか閉店するか

エルゼ　閉店
そういうこともあったわね
でも一回だけだった
一回だけあなたは
ある支店を閉店することになった

ジョニー

その支店に勤めていたのは二人
そして三人目が来て
閉店した
僕らはよく引っ越しした
だがどの引っ越しの時も
魅力的な案件だった
どんな時も
挑戦なんだ
受け入れるべきか
それとも受け入れないか
僕らは話し合った
この挑戦は
受け入れるべきだ
後からもまだノーと言うことはできる
だが、最初にイエスと言うほうが
結局は良い
イエスと言うのが
ベターな選択だ、と、僕らには思えた
最後には

無駄にならなかったようだ、と
僕らは思った
最後には
大都市のポジションが待っている
県庁所在地とか　首都とか
田舎の支店ではなくて
もっと

エルゼ

でも私たちもう
ここを気に入っていたのよね
ここは気に入らなかったなんて
言えない
私たちは喜んでここに来たと言ってもいい
そうよ　私たち喜んでここに来たのよ
まるで私たちが歓迎されて
友達がみつかったみたい
ここは初めてそう思えた場所だった
もし私たちがもう少し長くいられたら
仲良くできたら
努力していたら

（間）
あの子も
ニーナも、ここに住むのを喜んでいた
それともそうじゃなかったかも

ジョニー　それは僕らにはわからない
どちらにしても僕らにはわからない

エルゼ　ここにいるのを喜んでいるように
見えたわ

（間）
ニーナはどこでも喜んでいた
ニーナにとって　どんな場所も
ぴったり合う片方の靴
もう片方のよその場所の靴を履きつぶしたりしない
ニーナはいつもそう

ジョニー　それは僕らにはわからない
どちらにしても僕らにはわからない

エルゼ　ニーナは、喜んでここに住んでいたと
なじんでいたと
思ってもいいのよね

そう思ってもいいのよね
あの子はここで十四歳になったの
そして十五歳になった
そのころから本当はもう子どもじゃなかった
あの子は恋に落ちた
フリッツに恋をしていたの
あの子は、フリッツを家に連れて来た
すごく繊細な男の子だった
すごく感じの良い男の子だった
そして、たいていニーナの部屋に行って
しばらく二人で音楽を聴いて
しばらく笑ったりおしゃべりしたり
しばらく静かだった
いつも同じような感じだった
しばらく二人で音楽を聴いて
しばらく笑ったりおしゃべりしたり
しばらく静かだった

ジョニー　そして僕らはあの子に質問は全くしなかった

エルゼ　何か尋ねたことはないわね

ニーナとフリッツの、あの静かな時間を
尊重していたの
あの静かな時間には、ドアをノックしなかった
あの静かな時間を、邪魔しなかった
そうよ
二人の静かな時間を
そっとしておいたの
そうしたわ

七

クレオ　でもね　ジョニーはそれから
融資の枠を、増額してくれたの
そうよね　ジョニー
エディー　初めのうちは全然知らなかった
ジョニー　そうだ
そうそう
僕はそうした

エディー　初めのうちは全然知らなかった
クレオがその仕事をしていたから
ジョニー　僕は、書類をじっくり見た
僕は計算に計算を重ねた
そして僕には
融資が不可能だとは思えなかった
そうは思えなかった
エディー　まだ余裕があったんだ
そうだね
ジョニー　僕は計算に計算を重ねた
そして
規定に反した箇所は見つからなかった
だから言った
いいですよ　大丈夫です
エディー　それからそのすぐ翌日に
新しい瓶詰めの機械が発注された
楽しかった
僕はクレオのことがよくわかっていた
契約の準備ができていて

書類もできていた
そうした場合には
それで決まりだ

クレオ　すべてうまくいくみたいに
見えたの
二、三カ月間ずっと
その間ずっと
そう見えたの
経済的に上昇しているみたいに
私の目には
だんだん良くなっていたの

エディー　そしていつかは
僕にもわかるだろうね

ジョニー　そしてあなたがたは、今も
返済している

エディー　もちろんだ
（静かに、ふざけて）
返済する
返済する

返済する

八

エルゼ　あそこに写真があるわね
エディー　ああ
エルゼ　あそこに写真があるわね
写真が一枚
エディー　ああ、そうだな
エルゼ　フリッツの写真ね
なぜフリッツの写真だけなの
ニーナはどこ
（沈黙）
エルゼ　ニーナはどこ
なぜニーナはないのかしら
（沈黙）

ジョニー　写真を飾りたくないんだね
クレオ　そうね　飾りたくないわね

（沈黙）

エルゼ　うちには、あの子たち二人の写真があるわ
ニーナの十五歳の誕生日の時の　フリッツとニーナの写真よ
そうでしょ　ジョニー
二人は幸せそう　二人は笑ってる
六月だったわ　六月一日
六月一日　二人は幸せそうに笑っていた
午後　うちの前の芝生に座って
誕生日のパーティに
友達が来るのを待っている
二人は夜になるのを待っている
ガーデンパーティのために
ちょうちんに灯をつけて
ガーデンパーティをしたわね
あの時
そうよね　ジョニー

ジョニー　そうだ
エルゼ　そしてあなたたちもそこで待っていた
あなたがたも招待されていたの
そしてお二人でいらっしゃった
私たちみんなで揃って
子どもたちと
思い出さないかしら
エディー　もちろんだよ
もちろん
エルゼ　そうよね　それなら
二人の写真を持っているはずよ
二人の写真を持っているはずよ
エディー　それはただ
エルゼ　何、何かしら
エディー　ニーナは君と
ものすごく良く似てるね
エルゼ　そうよ　それで
それが何よ
何なの

それが何よ
何よ

（沈黙）

エルゼ　（クレオに）あなた、白髪が増えたわ
（沈黙）
白髪が増えてしまった
灰色になってしまった
なんで髪染めないの
灰色よ

九

エディー　僕の金を自分で人に上げたからといって
それが何だ
経営ができない、なんて誰が言うか
エルゼ　いつもお金のことばかり
いつも仕事のこと

エディー　経営ができない、なんて誰が言うか
僕の計算が他人と違うだけだ
必ず取り戻せる、と僕は信じている
そのうち何か僕のところに返ってくる
たしかだよ
もしそうでなかったら
風でどこかに飛んで行ってしまう
エルゼ　いつもお金のことばかり
いつも仕事
いつもお金のこと
いつも仕事
他のことを気にしたことがない
クレオ　他のことって
例えば何
エルゼ　いつもお金のこと
いつも仕事のこと
（間）
この二つはもうわかっている
でも別の二つ

あの子たち二人のことはわかっているの
もし　あの二人はもう　何もいらなかったら

（沈黙）

エルゼ

ここで
全てうまくいったかもしれなかったのに
ちょうどここで
お金や仕事ではない他のものを見つけられたら
あなたたちどう思うの
ジョニー、あなたどう思う
私たちはある場所を見つけたの
そして他の人たちと結びつく
お互いにつながりを持った
支えあい。いわばお互いに結びついている
そうよね
偶然に来たのではない場所
流されて来た場所
流されて、追い出されて来た場所でなく
違うの、そうでなくて

その場所は、誰かに結びついているの
私たちと他の人たちと
つながっている場所なの
ごめんなさい
私、バカなこと話している
ダメだわ、バカげてる
（間）
でも私、ここで初めて
引っ越しは多かったけれども、初めて
ジョニーに言ったの
私にはこの土地が必要だわ
ここ、この土地が必要だと思うの

ジョニー　エルゼ、エルゼちゃん
どうか思い出してくれ
君はいつもそう言っていた
僕らが引っ越すたびに
いつもそう言っていたんだよ

エルゼ　違う、違う、違うのよ
この場所は違ったの

まるで、この場所を、前からよく知っていたみたいだったの
それぐらい親しい気持ちだったの
私はそう言ったのよ
初めからそう言っていたわ
ここ
それがこの土地かもしれない
黒い湖のほとり
私に必要な土地
そう言ったのよ
私はここに留まりたい
そう言ったのよ

（沈黙）

エルゼ　私の場所はここ
ここなの
私のもの
（間）
彼らは私をみている
クレオは私をみている

エディーは私をみている
そしてジョニー

（間）

静かね
まるで私が
突然
なにかすごくいけないことを言ってしまったみたいに
だから私はナイフとフォークを手にとった
お皿の上の何かをひっかく
その音は
空気をひきさいて
ガラスのように澄んで
血を流して

十

エルゼ　そういえば、いつだったか

あなたはエディーをじっと見ていたわね
そして
他の男だったらいいのに、と思っていたでしょう
クレオ　そんなこと思ってないわよ
なんでそんなこと
エルゼ　あなたはよくそういうふうに見えるのよ
クレオ　どういう風
エルゼ　まるで、あなたがエディーに
何かしたいみたい
後ろから、ナイフを
肋骨の間に深く刺して
ゆっくり回すとか
クレオ　そんなこと絶対にない
エルゼ　おもしろいわね
他の人の思っていることが
そんな風にわかってしまうなんて

（沈黙）

クレオ　誰でも初めは

自分自身と戦うのよ
何よ、エルゼ

十一

エディー　あのビール工場を、もっとずっと早く
引き継いだ方が良かっただろう
二十歳になるかならないかのうちに
まだ僕は子供みたいだったが、まあいい
あの頃
あの女の子との事件があった

（間）

あれはもうものすごく前のことだ
今でも
もちろんわからない
あの頃にもわからなかった
今でもますますわからない

なんであの

（間）

僕は、あの女の子を知らなかった
それは証明できる
スーパーマーケットの前にいて
一ユーロ、一マルクかな、ちょうだいと言った
僕は上げなかった
もしおなかがすいているなら一緒に入ろう
何かあるだろう
彼女は手を伸ばした
チョコレートにソーセージ一本
桃の缶詰やまだ温かいパン
スリボヴィッツ（蒸留酒）やビールは僕がダメと言った
それからまだ電池にタバコ
僕の支払いだ
全部支払いをしてから僕は立ち去ろうとした
すると彼女が言った
もう少し、ちょっと来て

どこに行くんだ、僕はあまり時間がない
彼女は言った
きれいなところを見せてあげる
（笑う）
きれいなところを見せてあげる
（沈黙）
だが僕は一緒に行かなかった
誰かの証言で「私たちと一緒に
湖のほとりの林に行った」と言われた
だがそれは違う
でなければ僕ではない誰かだ
僕は自分の家にいた
それがまちがいだった
もしまっすぐビール工場とかオフィスに行っていたら
なにも怖がることはなかった
だが、僕は家に帰った
ひとりで
昼のことだった
夕方になったころ、彼女は

すり傷をつけ、服のそこかしこを破って
警察に行った
そして、僕に暴行されたと主張した
（間）
手を出したこともない
その女性にキスをしたこともない
何もしていない
本当になんでもないいんだ
僕はもちろんまだすごく若かった
二十代の初め　二十歳
そうしてその女は十六歳だった
ほとんど大人というわけだ
だからどうぞという
（間）
精液とかそうしたものは見つからなかった
ケガもなかった
彼女に手も触れなかった、と僕は言った
証言に対してまた証言があって
最後にはもう何も出てこなくなった

裁判は終わった
（間）
あのやろう、ねずみ女が
（沈黙）
だが僕はどういうわけか
神経をやられてしまっていた
そこで初めて僕は逃げた出て行った
まる一年も外国に
（間）
アイルランドのビール
僕はアイルランドのビールをしっかり見て来た
穀物の種類や、麦芽、麦芽汁の作り方、発酵のさせかたが
どういうふうにはたらくか
色々なことが全然違った
（間）
そういうことが、とりわけ好きというわけではないけれども
興味はあった
（間）
その後のことは

覚えていない
（間）
僕はあの子にプレゼントしただけだ
それだけだ
自分からすすんでやった
いつだってそうだ
僕は自分をダメにはしない
僕は自分を
ダメにはしない
（間）
そうだ
そうしてこのことが
思い出したくない唯一のことだ
クレオだってそうだ
（間）
クレオとは
一目で
出会ってすぐ感じが良くて
この人と一緒ならいいなあ、ずっといつまでも一緒に

（少し笑う）
そういう感じだった
それ以前には感じたことがなかった
（沈黙）
それから自分のことを話した　あのうわさ話
それは彼女にはたいしたことはないみたいだった
彼女にはどうでもいいことだった
自分のしたことではないが
彼女は僕を許してくれた
（静かに笑う）
信じることはすばらしい
（間）
そうだな

十二

エディー　きみは今も
僕らの苦労は特別だと思っている

でも、もう、どんな違いがあるのかな
あのビール工場が
三、四代も続く僕の一族のものだとしても
何かの偶然で
僕のものだとしても

クレオ
もし、何かの偶然で
あれが私のものなら
（間）
そんなことは、お金持ちだから言えるのよ
考えなしの
無駄遣いばかりのお金持ちなら

エディー
そうだよ
無駄遣いしようよ
僕は全部手放してもいい
今日でも明日でも全部だ
そして僕の心をわずらわせることなく生きる
昔あったこと
これからあること
ただ今日、今日、今日だけ

それだけを考えていよう
今日、今日、今日だよ

（間）

クレオ　あいかわらずだわ
エディー　僕は今、君にキスをして愛し合いたい
それが今、正しいことだから
それが今、大事だから
今日、意味のあることだから
なぜ、ものごとに心をわずらわせる必要がある
この夜が過ぎたら
次の夜も来る
「もしかしたら」を考えると
きりがない
「もしかしたら」はやめだ
クレオ　そんなこと、あなたは前も言ったでしょう
そんなこと、前にも私に言ったのよ
何度も
だからもう

　　　　　聴いていられないわ
エディー　もう、聴いていられない
クレオ　　何のこと
エディー　もう我慢できない
　　　　　僕たちの間に、これから起きること
　　　　　それがいったん始まったら
　　　　　もう止まらない
　　　　　そして最後まで
　　　　　耐えなければならない

十三

ジョニー　そして始まった
クレオ　　何が始まったの
ジョニー　僕が思ったのはただ
　　　　　ここはもうこんなに全部からっぽになってしまった
　　　　　それとも僕にそう思えるだけかもしれないけれど
　　　　　昨日、既に、そう思っていた

僕たちが到着したとき
自分に問いかけた
この部屋が、大きく広くなったのか
天井が、高く、吹き抜けになったのか
僕が覚えているより
それとも何かなくなったのか
物がなくなったのか
たぶんなくなっている
何かが

クレオ　何かって

ジョニー　何が足りないかしら
わからない
絵画　戸棚
本　ランプ　ソファ
鏡　カーテンも
本当のことを言えば、ほとんど何もない

クレオ　何ですって
そんなことないわ
私たち、足りないものはないの

十四

エルゼ　それで
フリッツっていったい何だったのかしら
（沈黙）
エルゼ　あなたたちはニーナをそう好きではなかったわね
私たちはフリッツのこと好きだった
だからフリッツって何だったのかなって
あなたたちにとって
ジョニー　エルゼ
そんなに攻撃的にならないで
エルゼ　攻撃的って何のこと
私たちはフリッツのことが好きだったの
だから知りたいだけなの
フリッツのご両親がどう思ってたのかなって
ジョニー　そうだけれど、なんでまた

エルゼ　だってニーナは好かれてなかった
でもフリッツは好かれてた
私たちは二人を歓迎したというのに
そうじゃないかしら
だからフリッツの方が何がニーナより良かったのか
私が思うにニーナは
すごく可愛い子だったわ
そうよ、そうだったわ
だからひょっとしたらフリッツが
そそのかして
あの騒ぎを引き起こした張本人
死ぬことに憧れてたのかも
そうかもしれないでしょ
フリッツはいつでも私には明るくふるまっていた
あの子の赤毛と
スケートボード
いつでも知ったかぶりで、いつでも冴えてて、いつでもルンルン
（間）
いつでも賢くて、いつでもなんでも良く知ってた

（沈黙）

クレオ　いいえ
あの子はそんな子じゃなかった
エルゼ　いつでもでしゃばり、いつでも生意気
いつでも他の人の言葉をさえぎって
いつでも強がって、いつでもリーダー役
そうよね
クレオ　違う
違うわ
あの子はそんな子じゃなかった
ああ
エルゼ　だったら、どういう子だったの
（沈黙して）
クレオ　だから、今ここで言うことは
ないわ
エルゼ　フリッツはどういう子だったの
どうだったのよ
あなたたち、何か知っているのでしょ

クレオ　いいえ
言う必要ないわ
エディー　そうだ、言わなくていい
あなたたちは知らない
エルゼ　全然知らないのね
あなたたちは全然知らない
フリッツのことを
あなたたちは、フリッツを分かってない
全然、全く
何も、分かってない

（沈黙）

エルゼ　あなたたちは、そんなにも冷酷だったの
（間）
私には、そんなことできない
私は、もう、そんなひどいことはできない

十五

クレオ　あのガラステーブルを、あの子たちが
壊したの
あのガラステーブルは、リビングルームにあった
今は、他のテーブルがあるところ
あそこよ

エディー　ビールケースが二つある
ビールケースが二つ
そうして一枚の板をその上に置いて
壊れないもので
壊れたテーブルの代わりにした

クレオ　あの子たちが
ガラス製のテーブルを
テーブルボードがガラスで
あの子たちが壊した
ガラスが、そこに落ちていた

大きく割れてばらばらになり
鋭くとがって鋭角の破片
テーブルの脚のあいだに落ちて
引っかかっていた
とても細かいかけらも幾つか
床の上に
あの子たちは紙幣をそこに置いた
床の上に
こわれたテーブルの下の
破片の中に
あの子たちは紙幣を置いた
破片の真ん中に
お札が床の上の小さなかけらの中に置いてあった
五十ユーロ札が一枚
二十ユーロ札が一枚
十ユーロ札が二枚
壊れたテーブルに九十ユーロ
テーブルのガラスボードのために、九十ユーロ
九十ユーロが、ガラスの破片の中に、置いてあった

新しいテーブルのために
新しいなめらかなガラスのために
（間）
その破片を　私は
注意深く
集めた
私は革の
手袋をはめたわ
作業用の手袋
手袋をはめた手で破片を集めた
注意深く
それから　手に持って
向こうに持って行った
階段を降りて歩いて
中庭に
中庭にはガラスのごみを捨てるコンテナがあるの
ビール工場のガラスごみも
そこに破片を持って行ったの
そしてコンテナに入れた

注意深く
ケガしないように
（間）
破片を私はじっと見た
徹底的に
リビングルームの床を
テーブルの下を
テーブルの周りも
よくよく見た
テーブルの周りも見た
破片を私はじっと見た
徹底的に
床に落ちたかけらを
全部探し出した
徹底的に
テーブルの脚を
徹底的に
全部
そこには血の痕はなかったの

血はなかったの
血は一滴も見つからなかった
血は一滴も感じなかったの
血の匂いもしなかったし
誰も、傷ついてはいなかったわ
誰も、ここから血まみれで出て行ってない
そうよね
(間)
何が起きたのか、分からなかった
それからどうなったかも
わからなかった
ただ、破片があっただけ
半分引っかかって傾いて
テーブルのところに
割れたまま、置いてあった
血もない
痛みもない
(間)
それから床の上に

お金が落ちているのを見つけたの
床の上に
手紙が、あるのを見つけた
壊れたテーブルの下
破片の中に
あの子たちは、手紙を、置いたの
破片の真ん中に
手紙は
とても細かいかけらの中に
床の上に
私は、紙幣を取って数えた
五十ユーロ札が一枚
二十ユーロ札が一枚
十ユーロ札が二枚
それから、手紙を開けて読んだわ
お父さんお母さんへ
手紙は折りたたんであったの
全部大文字で書いてあったわ
ガラスをこわしてごめんなさい

うっかりしていた
このお金で新しいボードを買って下さい
私たちは、もう出発します
ここというものは、美しくない
ニーナとフリッツより
それからその下に書いてあったの
愛は死
死は愛

（沈黙）

エルゼ　大文字で書いてあったの
クレオ　大文字で書いてあったのよ
エルゼ　意味があるのかどうか
わからない
ここというものは、美しくない
なのか、それとも
ここというものは、美しくない
なのか
エディー　エルゼ

エルゼ　はい
エディー　何も
エルゼ　違いはないじゃないか
わからないのよ
あの子たちがどう考えたのか
はっきりしないまま、あの子たちは行ってしまった
何を考えていたのか
はっきりしないまま
うっかりして
エディー　そんなこと重要じゃない
エルゼ
違いは
ないじゃないか
エルゼ　そんなことない
大違いよ
すごく大きな違いがあるのよ
ここというものの**もの**の意味は
私たちとか、ビール工場とか、黒い湖
街とか、学校とか、お友達

ここというものはそう
でも、どこか他のところ
こちらでとかあちらでなら
それなら、もうちょっとましだったかもしれない
でも、こちらではダメで
あちらでもダメだった
あの子たちは、まさにここというものの中にいたの
そして、まさにここというものから出て行ったの
美しくないから
でも、もっと以前に、あの子たちと私たちが
話をしていたら
そうしたら
ここというものを
どうにか変えることができたかもしれない
もしかしたらだけど
ここというものは変えられたのよ
そうじゃないかもだけど
その一方で、もし
ここというものと考えていたのだったら

ここというものが美しくない、だったら
あまり望みはなかったわ
なぜならここはここ全体だから
私たちに取り替えることはできない
そこにあるもの全部は、取り換えられないから

（間）

ジョニー　エルゼ
いつもの薬を、今日は、飲んでいないよ
エルゼ　飲んだわよ
ジョニー　いつもの薬を、飲むのを忘れたみたいに
聞こえるよ
エルゼ　そんなことないわ
どうして
（沈黙）
（エルゼは泣く）
エディー　君は悲鳴を上げた
悲鳴を上げたんだ、君は
クレオ　そうよ

叫んだの
それから、走り始めた
叫んだ
それからまた、走って
立ち止まって
湖を見て
リビングルームで
立ちすくんだまま
何時間も、リビングルームで
壊れたガラステーブルの前で
立ちすくんだまま
叫んで
湖を見て
走って
それから、叫んだ
湖に沿って
それから、岸辺に沿って
叫んだ

十六

ジョニー　あの子は、本当に細い腕だった
子どもの時
ニーナは、本当に細い腕だった
からだの他のところは全部
普通にみえた
ただ腕がね
白アスパラガスみたいに
あの子は四歳だった
五歳だったかな
ニーナに言ったんだ
さあ、ニーナちゃんの腕浮き輪をふくらまそう
その上から長袖Ｔシャツを着るんだ
そうすれば筋肉があるみたいに見えるよ
（笑う）
（間）

それぐらい細い腕だったね
（笑う）
それから毎日
ちょっとずつ練習した
僕は腕を横に上げて
ゲンコツを作って
あの子が、僕の腕につかまって懸垂した
（笑う）
やがてあの子はトレーニングに行くようになった
カラテのね
あの子にとって、楽しかったかどうかは
わからない
（間）
わからない
（間）
一度、訊いてみたことがある
それ楽しいかいって
「別に」ってあの子は言って
「気を紛らわせたいの」

なぜだろう
なぜ気を紛らわせたいのか
だが、僕はそれ以上訊かなかった
もう尋ねなかった
なぜ
「別に」
「気を紛らせたいだけ」
なぜ
もっと訊いてやらなかったか
（間）
わからない

十七

エルゼ

あの子たちは並んでボートに乗った
あの子たちは手をつないでいた
ニーナの右手を、フリッツの左手に、つないでいた
二人の手首が結びつけられていた

革とひもでつくったバンドで
あの子たちは睡眠薬を飲んだ
それから並んでボートの中に横になった
あの子たちは湖に出た
湖の真ん中に出て
睡眠薬を飲んだ
それから並んでボートの中に横になった
二人の手首をゆるく結びつけた
革とひもで作ったバンドで
それからボートの底に穴をあけた
湖の上で
それから並んでボートの中に横になった
それから眠りこんだ
ゆっくりとボートに水が流れ込む間に
あの子たちは眠りこんだ
やがてボートに水がいっぱいになった
やがて縁のところまで水が上がり、縁から流れ出した
そのときにはもう眠りこんでいた
あの子たちは水の中で眠った

眠り続けた
あの子たちは水の中で眠り続けた
眠り続けた

十八

ジョニー　わからない
なぜ、あの子たちが知り合ったのか
なぜ、僕らが知り合ったかはわかる
なぜ、あの子たちが知り合ったのか
僕らはわかってない
エディー　なぜって
学校で
ジョニー　それはそうだが、僕が言っているのは
やれやれまたか、あの子たちは、お互い恋していたのか
違うのか
あの子たちは、二人一緒だったのか
違うのか

愛し合ってたのか
カップルじゃなかったのか

エディー　カップルだったよ
あの年頃の子どもが
恋人と思うくらい

ジョニー　それはそうだが
本当のところは
どうだったんだ
どういうふうに
何が、起きたんだ
君たちは何を知っている

エディー　どうしてそう思うんだ

クレオ　私たち知らないの

ジョニー　君たちは何か知っているはずだ
僕らが知らないことを

クレオ　私たち知らないの
全然、何も

ジョニー　（クレオに）じゃあ、なぜ君はそういうふうなんだ
いつも何か僕らの知らないことを

知っているふりをしている
僕らに言えない何か重要で
思いがけないような
僕らが可哀そうで
言えないのか
それは何だ
（間）
君たちは答えを知ってるのか
答えを知ってるのか

エディー　（笑って）

ジョニー　（かっとして）君たちは知ってる
知ってるんだ
（エルゼに向かって）
この人たちは知ってる
この人たちは言わない
だがもう
言うべきだ

エディー　（笑って）

クレオ　（笑って）

ジョニー　（ひどくかっとして）言え
言うんだ
クレオ　（笑って）　何も、ジョニー
あなた何を考えているの
何も知らない
私たち知らないの
何も

十九

エルゼ　どの街でも最初から始める
どの街でも新しく仕事をみつけて
いつも事務室
いつも事務室
簿記に会計
（笑う）
水道局の事務所
運送業者、弁護士、不動産会社

今は質屋さん
たいてい半日勤務
たまに四分の三勤務
いつもパートタイム
それで充分なの
出勤して　退社して　また出勤する
事務所に
出勤して　座って　またじっとしている
欲はないの
この方面の欲は全くない
退屈なお仕事で充分
退屈なお仕事が、私には向いているの
私の心臓にも良いし
（間）
単調で、いつも同じ
（笑う）
そうよ
そうそう
我慢できるものなの

(沈黙)
何年も過ぎてしまった
四年間が消えた　あれ以来
(沈黙)
時間なんて全く無いみたい
それとも果てしなく有るみたい
そうでしょ
(間)
中途はんぱな時間
そこから逃げる道がない
中途はんぱな時間
そこでは過去が過ぎ去らない
そして未来は来ない

二十

エディー　彼女は言った
　クレオは僕に言った

「あなたには、心のつながりがない」と
（間）（困惑している）
誰に対しても
皆に対して
彼女が言うには
「あなたには、心のつながりがない
心のつながりが全然ないの
生きることや
あなた自身に対して
私に対して、フリッツに対して」
（間）（困惑している）
そんな風に彼女は僕に言った
あれが起きた後
二人のあれの後
あれが僕の責任みたいに
僕にできることがあったみたいに
「あなたには、心のつながりがない」
何だと
だが、いったいどういう意味だろう

どういう意味だ
理解できない
僕は、クレオを愛している
愛してるんだよ
他の男なら、もっと
他の男なら、もっと心のつながりがあるのか
（沈黙）
僕は、ただ
僕は、それでも、ただ
この全てを、ここで
ほんの少しでも
（言葉を探し、断念する）
だから、僕はいつも思った
クレオとフリッツと僕
僕ら三人は、仲が良かった
だから、君たちとも
時々
夜を一緒に過ごしたり、ハイキングに行ったね
それから、フリッツとニーナも

あれはあれで良かったんだ
すごく楽しかった
（間）
だからとにかく
何もなかったわけではない
（間）
（笑う）
僕はただ
君たちみんなに
いい気分で過ごしてほしかった
いい気分でいられるようにする
それが僕の役割
（間）
そうだ
（沈黙）
あれはあれで良かったんだ

二十一

ジョニー　僕は、休みたくない
留まりたくない
ここに留まりたくない
留まることはできない
さらに進むのだから
エルゼのためにならない、と
分かってはいるが
エルゼは動かないこと
静かなことを求めている、と
分かってはいるが
だが僕は
動き続ける
適切な場所に何かを作る
責任を果たす
そういうことを望んでいた

都市に行きたかった
中心に
銀行の中心に
行きたかった
そこから、さらに
もし可能なら
だから
移動願いを出し
移動を
常に希望した
いつでも
機敏な動きを証明した
（間）
エルゼが、そういうことが好きではないと
知っていたのだが
そういうことは、エルゼに良くないと知っていたのだが
こんなに、いつも移動ばかりでは
エルゼに良くない
（間）

エルゼには、生まれつき心臓に故障がある
一緒になって以来
いつも心臓病とも一緒だった
エルゼの心臓病は、僕の心臓病になった
僕は、よく、彼女の心臓の上に手を当てた
そっと
ときどき両手を当てた
夜に　とりわけ夜に
僕は、彼女の胸に耳を当てた
僕は、心臓の音を注意深く聴く
静かに鳴っている心臓の鼓動
そういう時、たいてい僕は思う
すぐに、この音は止まってしまう
今すぐにも
今
止まってしまう
（間）
でも止まらない
さらに鳴り続ける

容赦なく
そして僕は聴き続ける
僕は聴き続けなければならない
その音が止まらないように
（間）
つっかえながら、ガタガタいいながらも、しぶとく
僕は、時間をみつけて、聴いている
どう動いているのか
時間は過ぎてしまう
時間が過ぎる
（間）
僕は、ひょっとしたらいつか
ひょっとしたらいつか
僕の両手を
心臓のあるところに
彼女の胸に当てることもできる
両方の手をしっかりと
そしてゆっくり押さえる
（間）（笑う）

でも、そうしたことはない

二十二

エディー　そうだな、たぶん
僕は、金のことを真剣に考えていない
なあなあでいつも
（間）
どうでもいい、金はどうでもいいんだ
全くもってどうでもいい、どこかにやってしまえ
焼いてしまえ、湖に投げ込め
彼女さえいれば、彼女さえいれば
愛があれば、それだけでいいんだ
クレオがいれば
全部どうでもいい
そうだ、それが彼女だ
僕の愛そのもの
そんな風に見えないだろうが

でも本当だ
数えられない　わかるかい
そういったものは数えられない
僕の人生は数えられない
僕の人生
ちがう、数えないなんてどうでもいい
全くもって、どうでもいいんだ

二十三

ジョニー

僕は、ここに自分から喜んで来たのではない
ここは大都市じゃない
僕は大都市の方がいい
自分を忘れられるなら
どこでもいい
地下鉄に乗り
どこかで降り
バーをみつけ、ビールやウィスキーを飲む

見知らぬ人々と
場所を移し、もう一杯ウィスキーを飲む
相手の名前は知らない
それとも名前をまた忘れたのかもしれない
それがいい
カールとかヘンリーとかウーヴェとかいう奴
ドリスとかアンナとかいう女
僕もいつも同じ名前じゃない
そうしてどこかで目が覚める
するともう知らない人ではない　知らない人ではない
だが起きて歩き出す
二度と会うことはない
それがいい
（沈黙）
だが、ここではそうはいかない
ずっと
ここでそういうことは難しかった
そうだろう
ずっとそういうことはできなかった

（間）
ここでは誰かに会ってしまう
何度も何度も
そしてこの人はあの人で
（沈黙）
そういったことが恐ろしい
なまぬるい地獄のようだ
クレオ　でもあなたは、もう
大都会に
たどりついた
そうでしょ
ジョニー　そうだ
それはもちろん、むしろプレッシャーが増えることだった
今もう僕は
自分を忘れる必要がない
自分を失いたいという願いを失った
（笑う）
クレオ　あなたはいつも

　　　　エルゼのことを、すごく心配していた
ジョニー　そうだ
　　　　たぶん
　　　　そうだ
　　　　そう思いたい
クレオ　エルゼは自分で言っていたわ
　　　　「ジョニーはいつも私のことを
　　　　考えていない」と
ジョニー　そうだ

（間）

　　　　僕はただ
　　　　僕らに出来ること
　　　　持つことの出来るもの
　　　　だけを望んでいたんだ
　　　　僕ら二人で
クレオ　それは何
ジョニー　ああ
クレオ　それは何だったの
ジョニー　何もなかった

クレオ　今はどうなの
ジョニー　僕は、時々
いわば作戦タイムを取る
自由時間だ
そうだな
僕はいつもエルゼに忠実だ
気持ちの上では
いつもエルゼに忠実だった
いつも忠実だった
でも興奮するのはダメだった
あの病気のせいで、いつも
エルゼは、よく半分座って眠っていた
肺から水分が流れやすいように
僕らはお互いにそう興奮しなかった
わかるだろう
性的な意味ではね
時には
時には、セックスが必要だった
わかるだろう

感情のこもった
心のふるえるような
楽しいこと
そうだろう

（間）

クレオ　そうね

ジョニー　そういうことなら大都市だ
簡単なことだ
自然で
ずっと簡単なことだ
だから僕たちは大都市にいた
離婚するよりずっとましだ
僕はエルゼを捨てない
でも時々はできる
誰か他の人と
午後を過ごす
一晩とか
昼休みとか

クレオ　男と
それから　女とも
ジョニー　そうだ
（間）
男と
それから　女とも

二十四

エディー　クレオと僕
僕らは、お互いそれほど会話はしない
実際的なことは話す
片付けるべき事や
時々、決算書について
ビール工場の修理や、職人さんのこと
小麦の値段や、麦汁エキス、ホップの種類について
そんな感じの事
そういうのは、もちろん話した

僕が何か言う時
クレオはじっと聴いていた
じっと聴いていた
（間）
僕らについて
彼女と僕について
何か、深く話すことがあるかどうか
今はもうわからない
そんなに会話はしなかった
いや
他の方法で片付いていたんだ
（間）
結婚というものはそうだ
公式に一緒に暮らしているから
仕事と大いに関係がある
一番大事なことだ
（間）
クレオが、帳簿を握っているから
僕は大らかにやっていられる

クレオは、毎日ビール工場にいて
見回り、管理し、仕事を回す
わかっている
クレオは経営できる　クレオは利益を上げる
わかっている
僕は、毎日仕事をするのに向いてない
僕は、みんなとおしゃべりするのが好きだ
みんなとビールを飲む方が好きだ
そうだ、そうしていた
僕に向いているのは、なんというのかな
いつでも話せる人、僕はいつもそんな感じだ

(沈黙)

エディー　それにもちろん
あの子は、僕の息子は、わかっていたに違いない
僕が会社で一緒に働いている人のために
尽くしたこと
もちろんあの子はわかっていたに違いない
僕が馬鹿だとは

あの子は思わなかっただろう
それとも
資本主義の搾取者とか
僕がそうではないことを
あの子はわかっていたはずだ
(間)
だからあの子は、何か……
あの子の人生に、何かあったに違いない
あの子の人生が、うまく行っていなかったんだ

二十五

ジョニー　明日、出発しよう
あさって
出発しよう
クレオ　どのぐらい滞在するの
ジョニー　三週間を
予定している

そうだな
もしかしたら四週間
最長で六週間だな

クレオ　どこに行くつもりなの

ジョニー　わからない
海岸に行こう
どこかの海岸に行って
どこか水辺に行って
医者が言うには、海は空気が良いし
静かだから、散歩するとかそういうことが
とても体に良いんだ

クレオ　あなたどうしたの
何を考えてるの

ジョニー　なんでもない
（間）
僕は
二、三週間前に倒れた
ばたんと倒れてしまった
（間）

座っていることができなかった
デスクについていられなかった
もう画面も見えず
読めなかった
僕は、椅子から崩れ落ちた
ばたんと椅子から落ちた
午前十時二十三分に
目の前が真っ暗になった
それから座っていた
床の上に
座っていた
犬みたいに、クスンクスン泣いた
犬みたいに
そうして
わっと泣き出した

クレオ　ああ

（間）

クレオ　またそうなってしまうかも

（間）

ジョニー　わかっている

（間）

そうだ　わかっているよ

クレオ　またそうなってしまう

わかるでしょ

（間）

あなたたち、いつでも
ここに来ていいのよ
あなたたち、何度でも
ここに来ていいの
来たいと思ったら、いつでも
どんなときでも
ここに来ていいのよ
そしてずっといていいのよ
泊っていっていいの
ここにいたいだけ、いていいの

（間）

ジョニー　ここにかい
クレオ　そうよ
ジョニー　あなたたちのところに
クレオ　そうよ

（間）

ジョニー　いいね
そうだな

二十六

クレオ　ずっと悪くなってしまった
彼は、ずっと悪くなってしまった
以前の彼は、もっと考えこむこともなく大らかだった
とめどなくなんでも人に上げてしまって
自分のことや私たちのことを、考えもしないで
私たちは雇い主としては好かれていたわね　もちろんよ

（間）

今日、あの人たちは、彼をきちがい扱いしたわ
私はそう思う
彼は、私たちの持ち物を、ほとんど上げてしまった
そう　個人的なものを
オーバー　靴　食器　本　なんでも
下着も　家具も
何か足りないものがあったら
エディーのところでもらえる
だから、ここはこんなにからっぽになってしまった
もう手に入らない
何か手に入れることはできない
エディーが持ったら全部
人に上げてしまって、寄付して、人手に渡してしまう
何かしら欲しがっている人に
このごろ、私は、粗大ごみ置き場から、ものを取って来るの
すると、たいていそこに何か私たちのものをまた見つけるの
まさにリサイクルね
（間）
エディーは、自分のためにはもう何もいらないと思っている

「ものを集めたり
持っていると自慢したりするために
人生があるんじゃない」って言うの
ビール工場を
思いがけず管理している預かりものくらいに思っている
公共の福祉のための管理人のようなもの
でも、どうやってお金が入ってくるの
それは、私が自分でなんとかしなくては
彼はビジネスのことを気にしない
彼はビジネスのことは全くもう気にとめない
仕事には、根本的に興味がないの
（間）
私は彼に言ったわ
いいから外に行って道端に行って
シャツを着ただけで手をあげて
そして誰かあなたに何かくれるか待っていて
誰かあなたに何かくれるか待ってみて
（間）
お坊さんか托鉢僧

彼はそうなりたいのかと思う
（間）
いわば聖人ね
（間）
聖なる愚か者

（間）

エルゼ　あなたに
なんてひどいことだったでしょう
クレオ　そんなことはないの　私は彼のことがわかるわ
ただ、ときどき
すごく怖くなる
私たち破産してしまうかも
（間）
私のことを、彼は全然考えてくれなかった
彼は、私のことを考えてくれなかった
ジョニー　君たちは、まだ
負債を
返済している

クレオ　君たちは、まだ返済している
それしかないじゃない
返済よ
支払うの
支払い

二十七

エルゼ　私はこんな
こんな他人のスピードでは
私は、何も始められないわ
(間)
病気と関係があるのよ
私は、いつもなんでも
ゆっくりやらなければならないの
静かに、あわてないで、やらなければならないの
だから、人より遅く出発して遅く到着する
ある場所に

ジョニーが慣れた頃
私はまだそれから三カ月もあたりをよくよく見て
それからようやく言うの
あーら私たちここに着いたのね

エディー　このあいだの最後には
君の心臓病は
それほど悪くなかった
それは認めるだろう
君は、もっとずっと悪くなっていたかもしれないんだから

（間）

クレオ　ジョニーは、優しくて辛抱強いって
言われているけど
そうじゃないわ
だって
エルゼ　だってって何
クレオ　わからない
こんなに近くにいるから

（間）

クレオ　何かきついところがあるわね
（エルゼに向かって。）
君はもっとずっと悪くなっていたかもしれない
君は自分をいたわらなくてはね
君はいつもの薬を飲みなさい
それでもう全部
そうでしょ

エルゼ　そうよ
根本的にはそれで全部よね
それ以上のことではないの
興奮しないように
それからお薬を少し
それ以上のことではない
（笑う）
私はたいへんな仕事はしてはいけない
私はたいへんな仕事をしたことはない
それは良くない

無理
もし長生きしたいなら
そういうことは無理なの
心臓に負担になるような仕事は
絶対にダメ
負担になるような仕事は
してはいけない
何か簡単なことでなければならない
いつもオフィスにいて
今はちょうど会計係なの
質屋のね

クレオ　質に入れるものって
たいていがらくたではないかしら
がらくただったら、お金にならないでしょ

エルゼ　違うの　その反対なの
初めて持ってくるのは
一番、価値のあるもの
その人にとって
いわば

その人の心の中で、一番、大事なもの
なぜ
一番、大事なものを持って来るのか
それはね
取られたくないから
取られたくないの
絶対に取られたくない
必ず、取り戻すつもりなの
請け出すつもりなのよ
だから努力する
だからそうする
努力する
力の限り努力する
その大事なものを、請け出そうと挑戦する
よく持ち込まれるのは、何かしら

クレオ
アクセサリー　時計　陶磁器

エルゼ
ゴールド　絵画　車
倉庫一杯に
車があるのよ

（間）

エディー　君は夢を見てるんだ、エルゼ
　夢を見てる

二十八

エルゼ　私は、いつも喜んでそこにいたわ
あなたもいつもいたところ
あなたがいれば
偶然あなたに会えれば
私は、いつも楽しかった
エディー　そうだな
エルゼ　それとか、たまに
あまりないけれど
何か一緒に計画した時とか
エディー　そうだな
エルゼ　ほんとうに友達になったのかしら

　　　　それとも違うのかしら
エディー　そうだな
　　　　残念ながら
エルゼ　お友達として親しくなったのね
エディー　親しくなったかな
　　　　そんなことはない
エルゼ　素敵だったのに
　　　　もしそうなっていたら
エディー　そうだな
エルゼ　そして、もしかして
　　　　すべてが、違っていたかもしれない
　　　　今
　　　　何もかもが、違っていたかも
　　　　何も、起きなかったかも
　　　　私たちに、友情があったら
　　　　起きてしまったあのひどいことは
　　　　なかったかもしれない
　　　　あんなことは起こらなかったでしょう
　　　　もしかして、私たちの友情があれば

あのひどい事件を
ふせぐことが、できたのかもしれない

（間）

エディー　そうだね
そうだそうだ
残念だ

（沈黙）

エディー　どちらにせよ、全部
過ぎたことだ
（間）
過ぎたことだ
僕らの関係も、通りすがりのようなものだった
そうして僕らはもう
さっさと通り過ぎる
そういう風に見える
（間）
だが、クレオはわかっていない

クレオは
僕らが、何かしなければならないと思っている
ずっとそのままだ
（間）
子どもがいないにしても、だ
僕らは、一瞬の間に、さっと通りすぎる
（間）（笑う）
まばたきするあいだに
さっと過ぎ去る
まつ毛が動いた——
そうしたらもう、僕らが生きていた時間が過ぎたということだ
（間）
そういう風に思える
（間）
もし、理由が何かあったとすれば
何か
理由が何かあったに違いない
あれには理由があった
たしかに理由が何かあった

もし、あれが一瞬のことだったとしても
馬鹿な決心をした一瞬のことだったとしても
そうだとしても
やはり理由はある
馬鹿な、馬鹿な、馬鹿な、
馬鹿げたことだ
（間）
何か僕らの知らない
あるいはまだわかっていない
何か
馬鹿げたことだ

二十九

クレオ

私も昔、夢見てたことがあるの
もう少しで出て行くところだった
あなたを置いて
あやうく、あなたをここに置き去りにしたまま

あやうく、どこかよその誰かさんのところに引っ越して
その人と暮らすところだったの
（間）
リヒャルトという名前だったわ

（間）

エディー　リヒャルトか
クレオ　（うなずいて）
エディー　どこのリヒャルトだ
エルゼ　クレオは離婚するつもりだったの
あなたと
だけど心の底では離婚したくなかった
そのときは、そうしたかったけど
それからもう、そうしたくない
心の底では、あなたたち、一緒にいたいのね
いつも一緒にいたいの
二人で
一緒に
あなたたちは、一緒にいたいのね

（間）
あなたたち、二人とも

（沈黙）

クレオ　自分が信じられなかった
（間）
あれから今も私はここに座っている
フリッツは死んでしまった
ニーナとフリッツは死んでしまった
（間）
もし、私が家を出ていたら
もしそうしていたら、もしかしたら、あの子は、気がついたかもしれない
フリッツは気がついたかもしれない
そんなことが、あり得る、と
どんなことも、変わるのだ、と
どんなことも、変えられる、と
それを、あの子は理解するべきだった
そうじゃないかしら
そして良い面に

気付いたかもしれない
リヒャルトと一緒に私が、どんなに幸せになったか
そして、私とリヒャルトの家にも、あの子の部屋があって
この家にもその家にも泊まって
それが気に入ったら
そうしたら
(間)
(笑う)
そんなことは何も期待しなかった
そしてもうあの子は死んでしまった
フリッツの決心は違った
生きようという決心ではなかった
ニーナも違った
生きようとしなかった
お互いのために生きよう
あの子たち二人はそういう決心をしなかった
(間)
私も、どこかに出て行くことを夢見たの
おなかにリヒャルトの子がいたのよ　あなた知ってる

妊娠していたの
もし私が家を出ていたら
もしそうしていたら、もしかしたら、あの子は、気がついたかもしれない
フリッツは気がついたかもしれない
そんなことが、あり得る、と
どんなことも、変わるのだ、と
どんなことも、変えられる、と
それを、あの子は理解するべきだった
そうじゃないかしら
そして良い面に
気付いたかもしれない
私が、リヒャルトと一緒に、どんなに幸せになったか
そして私とリヒャルトの家にも、あの子の部屋があって
この家にもその家にも泊まって
それが気に入ったら
そうしたら、私は子どもを産んだかもしれない
フリッツにも、その方が良かったかも
フリッツの弟か妹
そうしたらあの子が

ここに住んだかもしれない
新しいきょうだいと一緒に
そうしたら
(間)
(笑う)
そんなことは何も期待しなかった
私は産まなかった
子どもを産まなかった
道からどけて、片づける、と言う感じで
片づけてしまったの
私たちみんなの道から
そして、あの子自身の道から
片づけてしまった
誰もそのことは知らない
リヒャルトさえも
(間)
(笑う)
そんなことは何も期待しなかった
(間)

私のために
私自身で
解決した
私だけで
（間）
そうしてもう、あの子は死んでしまった
フリッツの決心は、違った
生きようという決心ではなかった
ニーナも違った
生きようとしなかった
お互いのために生きよう
あの子たち二人は、そういう決心をしなかった
（間）
そして私は、ここに座り
あなたと私、私たちはここに座っている
私は、今もまだ、ここにいる
あなたと私
私たちは、今もまだ、ここにいる
私たちやニーナと一緒にここに留まること

あの子だけが耐えられなかった
フリッツは、耐えられなかった
なぜなの
私は、今も耐え抜いている
あなたと私
私たちは二人とも耐えている
私たちは二人ともしっかり耐え抜いているのよ
お互いに
なぜ

（間）

エディー　（うなずいて）

三十

エディー　それから、あの夜のことだ
ジョニー　四年前だな
エディー　あの夜

あの時

エルゼ　あれは夕方だったわ
私たちが、あの子たちを

クレオ　私たちが知り合って
二年

二年

私たちは、友人だった

そうよね

ジョニー　そうだ、そうだった

クレオ　そう言えるわね
そうでしょ

エディー　そうだな

ジョニー　僕は、怖い
（エルゼに向かって）僕は、君のことが心配だ

クレオ　あの子たちは消えてしまった
三日間、あの子たちは消えた
あの破片を、私たちは見つけた
あの手紙を、見つけた
「ここというものは美しくない」

エディー　あの子たちを、僕らは探した
　　　　　三日間も
クレオ　　電話が、男の人から、あったわ
　　　　　漁師の人
エディー　それで僕らは湖に行った
　　　　　四人で
　　　　　そうしたら

（間）

ジョニー　四人で
エルゼ　　あの、私たち、すごく不安だわ
　　　　　ジョニーと私
　　　　　息が苦しい
　　　　　いつものお薬
　　　　　飲んだわ
　　　　　（間）
　　　　　とても一緒に行けない
　　　　　家で待っていよう
　　　　　と、思ったの

ジョニーに言ったの
お願い、ジョニー
なにか聞き間違いと言って
聞き間違い、と

ジョニー　エルゼと僕
僕らは

クレオ　私たちは
友人だった
そうよね

（間）

エルゼ　私たちは会話はあまり好きじゃないの
好きじゃないのよ
友人関係を作るのも
慣れてなかった
だけど、できるだけ努力した
できるだけ努力したの
私たちは、ここに引っ越したばかりだったのよ
いつものように、引っ越したばかりだった

だから努力してたの
エディー　それで僕たちは湖に行った
エルゼ　そしてエディーは少し前を走ってた
エディー　まだ夕方で
まだ暗くなってなかった
ジョニー　うちの子たちは、知り合って
二年だった
あの子たちは
恋し合ってた
あの子たちは恋人同士だった
クレオ　あの時、私たちだけだったわね
四人だけだった

（短い間）

エディー　僕は走った
岸辺の場所へ
ボートがつないであるところ
だけどその時は何もなかった
クレオ　男の人が電話したの

漁師の人
湖に
何か見えたと
ジョニー　僕はこわかった
あの時ずっと
こわかった
クレオ　そして、その人、漁師の人が言ったの
そこで待っています、と
船着き場で待っています、と
エルゼ　どうしたのかしら
息が苦しい
ジョニー　見慣れぬものがないように
予期せぬものもないように
突然のこともないようにする
僕は彼女とそう約束したんだ
僕は彼女とそう約束したんだ
エディー　それが、あの夜だった
（間）

クレオ

そうして、私たちは湖に着いた
それから、その人が迎えに来た
漁師の人が、岸辺に迎えに来た
その人は、腕にロープをかけていた
そして、もう片方の腕で
水面に浮かんでいるものを指したの
水面に浮かんでいるものを指したの
ずっと遠くを
黙ったままで
だから、私たちはその方向を見たわ
それが見えてきたのだけれども
だけれども、それがなんだかわからなかったの
私たちが、見たものは
同じじゃない
私たちは、すぐにはわからなかった
わからない　無理だわ
（間）
それから、あなたたちが飛び込んだ
ジョニーとエディーが飛び込んで

それを、水の中から、引き上げたの
あの子たちは、結ばれていた
手首のところで
あの子たちは、死んで、互いに結ばれていた
そして、顔は、下を向いていた
顔を、湖の底の方にむけて
漁師の人と、エルゼと、私
私たちは、岸辺に立っていた
私たちは、立っていたの
それから、ジョニーとエディーが
あの子たちを、水から引き上げて
地面に寝かせたの
そっと
あの子たちは、地面に、隣同士に、寝かせられたの
あの子たちは、互いに結ばれていた
手首のところで
お互いに、結びつけていたの
それから、あの子たちは、地面に、隣同士に、寝かせられたの
顔を上に向けて

（間）
私たちは、岸辺で待っていたの
エルゼと私は
私たちには、それが何だかわからなかった
すぐには
（間）
私たちは、それを見て近寄ったの
そして、かがみこんで
あの子たちは、顔を上に向け、横たわっていた
地面の上に
手首のところで、あの子たちは
お互いに結んでいたの
私たちは、かがみこんで
よくよく見たわ
すごく長いこと
すごく長く思えた
見るのを、やめられなかった
今日も、私は、そこに立っているの
そして、子どもたちを見ているの

あの子たちが、横たわる姿を
今日も、見るのを、やめられない
そこに立っているの
黒い湖のほとりに
そして、子どもたちを見ているの

三十一

エディー　かつてクレオに言ったことがある
ではもう、一切合財、全部上げてしまおう
こういうもののせいで、君がそんなに不幸なら
経営している会社を全部
ビール工場も分けよう
働いている人たち全員で、分けよう
組合を作ろう
組合に面倒をみてもらおう
クレオは振り向いて
あなた、気でも狂ったの

それに、私は不幸じゃないわ
あなたがふざけたいだけよ
ちょっとでも真面目に考えたことあるの
うん、僕は真剣にそう思っている
彼女が言うには、「私たちにそんな余裕はないのよ」
馬鹿げた答えだ
馬鹿げた態度だ
だけど彼女が賛成しなかったら
クレオが賛成しなかったら
僕は彼女に頼っている
なんでも頼っている
そうだ
(笑う)
(間)
クレオは、僕らが持っているもの全てを
必死になって守っている
彼女がもらったもの全てを
彼女は
自分のものだと思うものや

自分のものになるかもしれないものは
絶対に手放そうとはしない
不思議なことに
彼女に関わるどんなものも
彼女のもの、または彼女のものになるかもしれないもの
と考えている
クレイジーだ

（沈黙）

エディー　ニーナのことだけは
ニーナのことだけは違ったね
ニーナがここに来た時ずっとそうだった
あの子がいなくなったら、うれしい
やっとのことで、やっとのことで、またあの子がいなくなったら
すごくうれしい
フリッツを邪魔しないように
あの子が、フリッツを、邪魔しないでほしい
クレオ　そんなの嘘だわ
エディー　嘘じゃないよ

クレオ　私は落ち着いているわ
私は全く落ち着いているのよ
なぜってそんなの全く本当じゃないからよ
私は、いつもニーナがいてうれしかった
いつもよ
いつも全く普通にふるまっていたわ
全くもって普通
たった一回だけ
言ったことがある
お願いだから、もう家に帰って、と
そして二、三日放っておいた
フリッツも二、三日一人にしておいた
今はっきり思い出すわ
あの子たちは昼も夜もひきこもっていた
昼も夜もひきこもっていたの
そしてニーナは半分裸で家中を走りまわって
もしここに夜も泊ったら
すごく健康に良くないから

エディー　（笑って）

ジョニー　僕らはフリッツが好きだった
フリッツを悪く思ってはいない
というか、ニーナを悪く思っていないのと同じくらいだ
エルゼ　何も悪く思ってなかった
フリッツのこと大好きだったの
エディー　だから、ひょっとしたら
あの子たちは結婚したかもしれない
すぐにではないけれども
でも待ち切れなかったのか
それとも
そんなこと望んでいなかったかもしれない
それとも
フリッツは、まだ未成年だったし
エルゼ　もしかしたら、あの子たちに
教えてあげればよかったのかも
あなたたちは自由な身なのよ
自由なの
なんでも選べる
誰とでも

どこにでも行けるのよ、と

ジョニー　自由に選べるとは
ばかげた考えだ

エルゼ　そうね　私は、あの子たちのことを言ってるの
あなたのことじゃない
あなたには自由がない
ことぐらい、私にもわかる
あなたは、自分の自由を売ってしまったの
銀行に売ってしまったのよ
私にはわかる

ジョニー　銀行に売ったというのか
ああ、エルゼ

（沈黙）

エルゼ　もうわからない
本当に　もうわからない

ジョニー　僕たちは、何なんだろう
（間）
もう一度

最初から
やり直せるだろうか
もう一度
最初から、やり直せると思うかい

エディー　こんなことを話すのはやめよう
こんなことを話すのはやめよう
僕らは怪物じゃあない
僕らは、全く普通の
全く普通の

（沈黙）

クレオ　本当は
こうなのよ
私たちは、あの子たちに嫉妬しているのよ
あんな風に死んだこと
あの子たちに嫉妬してるのよ
あんな風に死んで
ひそかに、あの子たちに嫉妬してる
そして誰も言えない

誰も言えない
私たちは、嫉妬してるのよ
あの子たちが死んだから
あの死こそが愛だから

（エディーは、クレオに近寄り、すごい力でクレオの顔を一回殴る）

三十二

ジョニー　何してるんだ

（エルゼは自分の腕をテーブルナイフで傷をつける）

（間）

エルゼ　何も
ジョニー　何してるんだ
何してるんだよ
エルゼ　血が出てるわ

（ジョニーは近付き、傷口に手を当てて血を止めようとする）

エルゼ（とてもやわらかく）その手を放してくれるかしら

もっと、やらせてほしいの

ジョニー　ダメだ

ダメだよ

（ジョニーは、おろおろとしながら血の流れる腕にキスをする。）

エルゼ　（ちょっと考えて、すこし笑って）そういうことをしてもらうには

私は年取りすぎたわ

そうでしょ

もう年寄りなの

（間）

そうだわ

（間）

もっと大人になればよかった

（間）

そうよね

そうだわ

三十三

エディー　いったい全体どこに
行くつもりなんだ
どの方向に
いつ出発するんだ
とにかくどこかに
行ってしまうのか
クレオ　エルゼの袖から血がしたたっている
ジョニー　明日だ
明日、僕らはまた出発する
とにかく出て行かなければ
ここから
ここにあるもの
すべてから
クレオ　エルゼの袖から血がしたたっている
エルゼ　何でもないのよ

ジョニー　明日
僕らはまた出発しよう
ここを出て
とにかくここから
すべてから
クレオ　あなたの袖から血がしたたっている
エディー　エルゼ
エルゼ　全然なんでもないのよ
ジョニー　そうだ、僕らは
もう長い間
出て行かなければと
もう長い間
それも何度も何度も
ぼくらは
話し合った
いいかげん
すべてのものから

（エルゼは床にくずれ落ちる）

（沈黙）

ジョニー　明日だ
明日、僕らは
出て行こう
もう長い間
明日こそは出て行こうと思っていた

エルゼ　（立ち上がって）何でもないのよ

（沈黙）

エディー　いったい全体どこに
君たちは、これ以上どこに行くんだ
とにかくどこかに行きたいのか

（間）

ジョニー　明日だ
明日、僕らは出て行こう
もう長い間
明日こそは出て行こうと思っていた

（沈黙）

クレオ　そうでなければ
ただ留まるだけ
ここに
私たちと
一緒に

（間）

ただ留まるだけ
ここに

解説　デーア・ローアーとベルリン・ドイツ座の舞台

三輪玲子

劇作家デビューから二十年以上を経て、そのキャリア年数とほぼ同数の作品が世界各国で読まれかつ上演され続けている、ドイツ語圏を代表する女性劇作家デーア・ローアー（一九六四－）であるが、遅まきながらの日本語での翻訳出版もこれで五作品となった。

幸せそうな「普通の家族」の死角で父から娘に繰り返される性暴力というショッキングなテーマを捉えた『タトゥー』（一九九二年）、不法入国の青年と盲目の踊り子の出会いを軸に人間の「罪」にまつわるエピソードを綴る『無実』（二〇〇三年）、戦地から戻った帰還兵が目撃した子供の交通事故をきっかけに人々の運命が絡み合う『最後の炎』（二〇〇八年）――これまで日本にも紹介された代表作のテーマ性を眺めるだけでも、性的虐待、不法移民、国外派兵といった、現代社会に重くのしかかる問題とそれにかかわる人々の物語を描き続ける劇作家であることがわかっていただけるだろう。

デビュー作の『タトゥー』で一躍注目を集めて以降、ベルトルト・ブレヒト賞（二〇〇六年）、ベルリン文学賞（二〇〇九年）など主要な賞も数々受賞し、同時代の世界と人間を精緻に詩的に描く劇文学の書き手として、全世界で受容されるにいたった劇作家デーア・ローアーの歩みについては、論創社既刊の『タトゥー』、『無実／最後の炎』の巻末で詳しく触れており、よろしければ末尾に挙げる資料・文献とともに参照されたい。ここでは今回の翻訳作品、『泥棒たち』と『黒い湖のほとりで』に沿って、ローアーの劇文学の上演の実際についてもご紹介しておこうと思う。というのも、ローアーはもっぱら上演に向けた戯曲の書き手でありながら、決して上演にやさしいとはいえない、決して舞台化にあたって一筋縄ではいかない作風を特徴とするからである。

どの作品にも揺るぎない「ローアー風」があると高く評価されるその特徴には、実は、むしろ従来の演劇に対抗するような要素が潜んでいる。社会のメインストリートからはじき出された人々のリアルな日常風景を精確にあらわす言語の簡潔性、厳選した言葉でリフレインも多用しながらほぼ「詩」といえるほど人工的に整えられた劇言語は、ナチュラリズムの方法論では上演不能のように思われる。そもそも、一・二人称と三人称、直接話法と間接話法が交錯するようなテクストをどう演じられるのか。私たちが直面する現実世界の圧倒的なリアリティーを湛えた戯曲でありながら、ありがちな言葉で表しようのないリアリティーを言語化しているがゆえに、安直なナチュラリズムからはするりと逃げていく。そのかわり、多義のポテンシャルに満ち満ちたコンパクトなテクストは、それに拮抗する強度ある舞台表現には、自由自在に解き放たれていく。

読んでいただく際にも、ナチュラルに読めそうで読めない、わかりやすそうでわからない、といった印象を持たれるかもしれないが、それも幾分（訳者の力不足はさておき）演劇的可能性を拓こうとする革新的な意図を持つテクストならではともいえる。ともあれローアーの戯曲の生命線である、簡潔で精確な言語世界から繰り出されるリズムが、できるだけ損なわれずに伝わればとはかなく願うばかりである。

戯曲の言語レベルの取り扱いに加えて、場面の多さという点も、上演の課題といえよう。『泥棒たち』は三十七場、『黒い湖のほとりで』は三十三場からなり、『泥棒たち』では幾種もの場面を行きつ戻りつしながら展開するアイデアが、『黒い湖のほとりで』は室内劇として各場面に施すアクセントが、それぞれ課題になろう。

ローアーは初期の頃から、芸術監督ウルリヒ・クーオン（一九五一―）のもと、演出家アンドレアス・クリーゲンブルク（一九六三ー）とコンビを組んで新作を発表・初演してきており、これまで、クーオンが劇場を移るごとに、ハノーファーからハンブルク、そしてベルリンへと、劇作家・演出家チームもともに拠点を移してきた。二〇一〇年の『泥棒たち』、二〇一二年の『黒い湖のほとりで』は、ベルリン・ドイツ座へ拠点を移してからの新作初演である。両作品のドイツ座初演について、作品の内容に即して触れてみたい。

『泥棒たち』（二〇一〇年初演）

自宅に引きこもる瀕死の保険外交員フィン、倒産寸前の温泉施設で働くリンダ、白内障を患い老人ホームで暮らす父エルヴィンのトマソン家、スーパーマーケットの店長モニカと警察官トーマス夫妻のもうひとつのトマソン家、「ドナーのパパ」を知りたい少女ミラとその人物を探し出そうとする年の離れた恋人ヨーゼフ、庭に痕跡を残す「動物」に怯えるシュミット夫妻、恋人ライナーに「大臣宅の晩餐会」に誘い出されるガービ、「散歩に出かけた」夫の捜索を警察に願い出るイーラ——総勢十二人の都市周辺部に暮らすどこにでもいそうな人々、グローバル化社会の柔らかな抑圧下でいつのまにか窮地に立たされる人々とその家族のエピソードが紡がれていく。親戚関係にない二つの家族を「トマソン」（赤瀬川原平命名の「公共空間の無用物」＝存在・実用価値なし）と名乗らせ、老齢の歌手イーラには、全登場人物を代表するかのように象徴的な言葉を語らせる。

ベルリン・ドイツ座『泥棒たち』　縦方向に回転する「回り舞台」
上はフィン、下はリンダ　[撮影：Arno Declair]

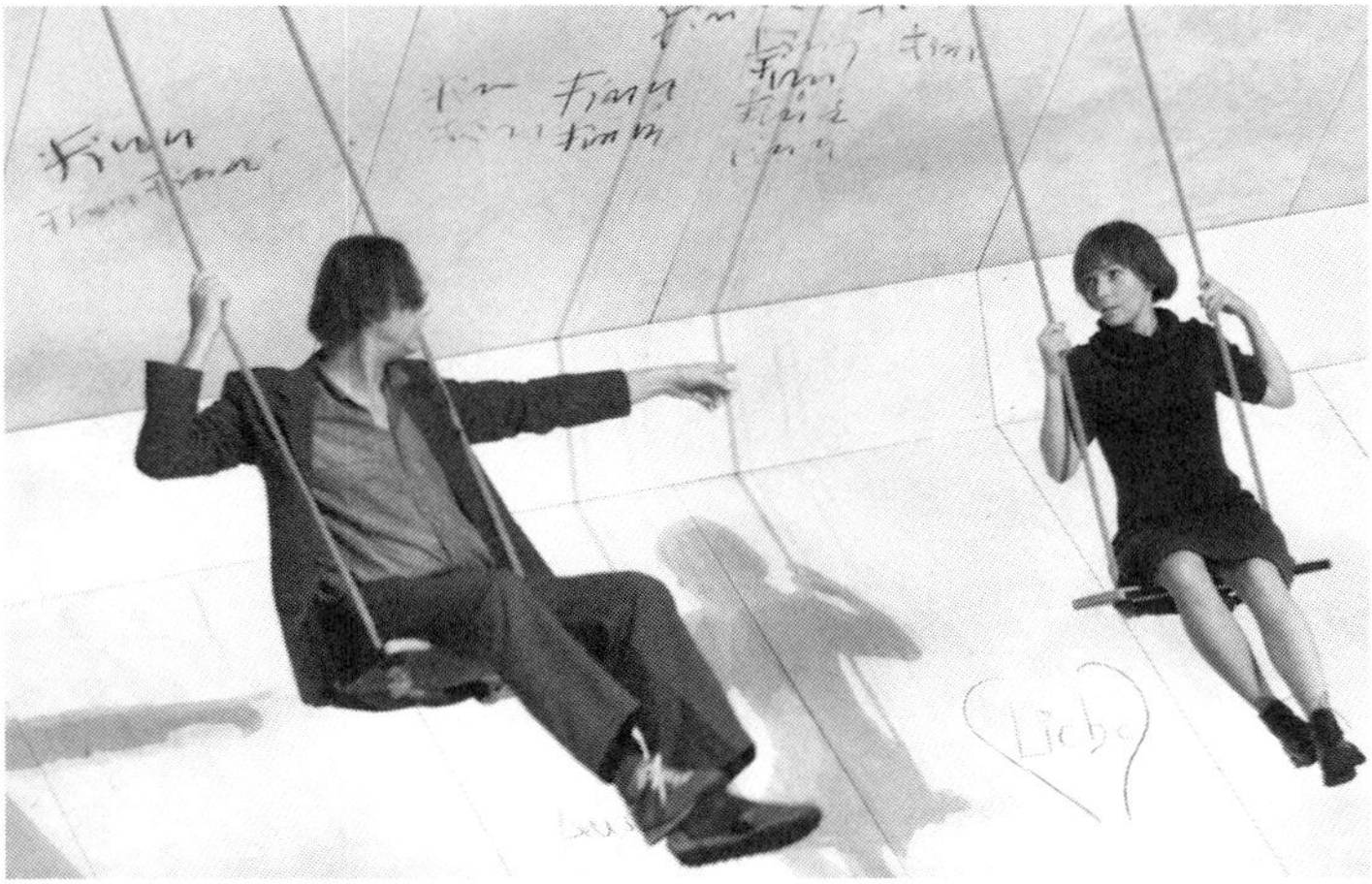

ベルリン・ドイツ座『泥棒たち』　ライナー（マハチェク）とリンダ
[撮影：Arno Declair]

私みたいなのがたくさんいるのかしらね。私みたいな人間、まるで生きてないみたいに生きてる。自分の人生にこそっと入ってこそっと出ていって、用心深くおずおずと、まるで自分の人生じゃないかのように、そこに居座る権利がないかのように。……まるで泥棒みたいに。〈二十七　停留所〉

これまで失敗した人生とこれから失敗しそうな人生を抱えて生きる「トマソン家の悲喜劇」の背景にはそれぞれ、過労、経営難、外資による買収、高齢者介護から精子バンクまで、いまや世界のどこにいてもアクチュアルな社会問題がのぞく。こうした社会的アプローチはこれまでの「ローアー風」の真骨頂でもあるが、これまでにないほど多人称で多層的に語り拡散的な作劇術を操る『泥棒たち』のテクストを、いったいどのように上演すればいいのか。

この課題に対し、ベルリン・ドイツ座では、観客の目を奪う解答を用意した。演出家と舞台装置家を兼ねるクリーゲンブルクは、四枚の羽根をもつ巨大な水車のような舞台装置で、縦方向に回転する「回り舞台」を構想する。羽根が前に後ろに回ることで次々と場面転換する。羽根は場面の床にも壁にも天井にもなる。俳優も羽根の回転に合わせて横たわったり立ち上がったりぶさらがったり這いつくばったり、時には羽根にひっかけたブランコに揺られて演技する。水車の羽根に掬われて押し流されて、抗しがたい大きな力に翻弄される人々の姿がおのずと眼前に現れる。またこの羽根は、フィンの部屋の壁を象徴するように、折々の登場人物が落書きを残してもいくが、落書きが多くを説明するわけではない。「泥棒たち」は他人にも自分にも説明がつかない感情や行動に囚われているようにみえる。

十二人の人物同士が時に思いがけない出会いやつながりを持ちながら場面展開していくテクス

トに対しては、この舞台装置の妙案と、当地のベルリン方言（ローアーの原文にある）も交えてコメディアンの資質を遺憾なく発揮する俳優陣にも賞賛の声が高かった。「現代版モリエール」とも評された『泥棒たち』は、二〇一〇年のミュールハイム市演劇祭で観客賞受賞、同年のベルリン演劇祭にも招待された。

『黒い湖のほとりで』（二〇一二年初演）

黒い湖のほとりで二組の夫婦が再会する。湖のほとりの小さなビール醸造工場を経営する夫妻エディーとクレオの家に、銀行の支店長ジョニーとエルゼの夫婦が訪れる。四年前、この湖で起こった事件のあと、二組の夫婦が顔を合わせることはなかった。四年後も、時が止まっていたかのように、「なぜ」という問いが堂々巡りする。やがて四人の会話は真相に触れ始める。事件にまつわる「あの夜」の一部始終が、子供たちが残した手紙の内容が、明らかになる。

〈十五〉

ここというものは、美しくない

ニーナとフリッツより

経営が傾くビール工場、経営を顧みない夫、融資を断る銀行、心臓の弱い妻、それよりもなによりも胸を締めつける二人の子供の死——ローアーはこの内面の閉塞状況を、極限的なまでに削ぎ落とした緊密なテクストに構成した。解き明かしたい謎のような歌のようなリフレインを含む対話から、やがて、欺瞞も自己欺瞞もつぶさに炙り出されていく。出口はあっても出るすべを知らない室内劇を、どのように演じることができるのか。

ドイツ座の舞台には、古びた建物の一室が出現する。正面の、カーテンを開ければ湖が見えたはずの大きな窓は、今は白い壁で塞がれている。ジョニーは窓を塞ぐ壁に、本当は見えるはずの風景を、黒い湖を描き始める。時として無感覚に佇むだけの人物を「動く床」が壁際まで運ぶ。どこにも進めない人間をただ時が運ぶ。

ジョニー　もう長い間
　明日こそは出て行こうと思っていた

（沈黙）

クレオ　そうでなければ
　ただ留まるだけ
　ここに

〈三十三〉

舞台上の四人は、一団のカルテットのように、凝縮された言葉をぶつけ合いながらも、愕然と黙して動きを止めたり、発作的な激しさでもつれ合ったり、無気力と激情の極端を行き交う様相を表現する。そうしたシークエンスはいわば演劇的コレオグラフィーにも接近する。わかりようのないことをわかろうとする言外の格闘を身体化する。

ベルリン・ドイツ座『黒い湖のほとりで』　左からクレオ、エディー、エルゼ、ジョニー
[撮影：Arno Declair]

ベルリン・ドイツ座『黒い湖のほとりで』　左からクレオ、エディー、エルゼ、ジョニー
[撮影：Arno Declair]

押しつぶされそうな状況をコミカルに押し返そうとする『泥棒たち』と、どこまでも深く真相を追究しようとする『黒い湖のほとりで』の人々は、一見、対照的に思われるかもしれない。失業を見越して自然保護区に商機を窺うリンダや、オランダ支店長への栄転を見込んで着々準備するモニカなど、一心不乱に夢を見ようとする『泥棒たち』と、『黒い湖のほとりで』どこにも行けず立ちすくむ夫婦らは、あまりにも違って見える。『無実／最後の炎』（論創社）を読んでいただいた方には、解放的な『無実』と求心的な『最後の炎』の対照性に似ていると感じられるかもしれないが、『泥棒たち』はいっそう喜劇的に躍動し、『黒い湖のほとりで』の悲しみはもはや永遠に鎮静しない。ローアーの容赦もリミッターもないアプローチが多彩な作風を生む。

しかしローアーが見つめているものは変わらず、「悲劇」の渦中にある人間とその想いである。ローアーは自らの作家としてのあり方を、ヴァルター・ベンヤミンの言葉に寄せて「廃品回収業者」のようなものと称しているが、作風のバリエーションは増え続けようとも、社会の片隅の声にならない不安と希望に耳を傾けようとする態度は、これからも変わることはないのだろう。二〇一二年には初の長編小説『ブガッティ現る』を発表し文筆活動の幅を広げるローアーだが、二〇一五年一月には、ベルリンとロッテルダムの共同制作で新作『詐欺師のトリック』の初演が予告されている。また新しい「ローアー風」に出会えそうだ。

『泥棒たち／黒い湖のほとりで』の翻訳出版にあたり、ゲーテ・インスティトゥートから出版助成のサポートを受けた。また、寺尾格氏はじめ「ドイツ演劇研究会」の方々には多くの有益なご意見、ご提案をいただき、上智大学准教授メヒティルド・ドゥッペル高山氏にはネイティブスピーカーとしてご助言をいただいた。最後に、本書の意義を認めて出版の英断を下された論創社社長の森下紀夫氏と企画段階でご尽力いただいた高橋宏幸氏、編集段階で大変お世話になった森下雄二郎氏に心からの謝辞を捧げたい。

二〇一四年六月　　三輪　玲子

資料

原作戯曲

Dea Loher: Diebe. (Verlag der Autoren, 2010).
Dea Loher: Am Schwarzen See. (Verlag der Autoren, 2012).

邦訳作品

『タトゥー』(ドイツ現代戯曲選30 第二十一巻) 三輪玲子訳、論創社、二〇〇六年
『無実/最後の炎』三輪玲子・新野守広訳、論創社、二〇一〇年

上演作品一覧(初演および日本での上演)

『オルガの部屋』九二年、ハンブルク、エルンスト・ドイチュ劇場
『タトゥー』九二年、ベルリン、アンサンブル劇場
＊二〇〇九年、新国立劇場、岡田利規演出
『リバイアサン』九三年、ハノーファー、アンティエ・レンカイト演出
『異郷の家』九五年、ハノーファー、アンドレアス・クリーゲンブルク演出
『青髭―女たちの希望』九七年、ミュンヘン、アンドレアス・クリーゲンブルク演出
『アダム・ガイスト』九八年、ハノーファー、アンドレアス・クリーゲンブルク演出
『マンハッタン・メデイア』九九年、シュヴェリーン、エルンスト・M・ビンダー演出

『クララの事情』〇〇年、ウィーン、クリスティーナ・パウルホーファー演出
『ベルリン物語』〇〇年、ハノーファー、アンドレアス・クリーゲンブルク演出
『鋏』〇一年、ウィーン、アンドレアス・クリーゲンブルク演出
『第三次産業』〇一年、ハンブルク、ディミター・ゴチェフ演出
『幸福の倉庫』〇一年、ハンブルク、アンドレアス・クリーゲンブルク演出
『無実』〇三年、ハンブルク、アンドレアス・クリーゲンブルク演出
＊二〇一一年、劇団黒テント（リーディング上演）、佐藤康演出
＊二〇一四年、東京演劇アンサンブル、公家義徳演出
『ルーズベルト広場の人々』〇四年、ハンブルク、アンドレアス・クリーゲンブルク演出
『都会のドンキホーテ』〇五年、ハンブルク、アンドレアス・クリーゲンブルク演出
『言葉のない世界』〇七年、ミュンヘン、アンドレアス・クリーゲンブルク演出
＊二〇一一年リーディング上演、ＩＴＩドラマリーディング、小山ゆうな演出
『最後の炎』〇八年、ハンブルク、アンドレアス・クリーゲンブルク演出
＊二〇〇九年、新国立劇場（リーディング上演）、森新太郎演出
＊二〇一一年、エイチエムピー・シアターカンパニー、笠井友仁演出・
＊二〇一二年、テラ・アーツ・ファクトリー、林英樹演出
『泥棒たち』一〇年、ベルリン、アンドレアス・クリーゲンブルク演出
『黒い湖のほとりで』一二年、ベルリン、アンドレアス・クリーゲンブルク演出

参考資料

〈ベルリンドイツ座ウェブサイト――解説・劇評・舞台写真・動画など〉

●『泥棒たち』（二〇一四年七月現在）

http://www.deutschestheater.de/spielplan/premieren_repertoire_2014_2015/diebe/（ドイツ語版）

http://www.deutschestheater.de/english/schedule/premieres_repertoire_2014_2015/thieves/（英語版）

●『黒い湖のほとりで』（二〇一四年七月現在）

http://www.deutschestheater.de/spielplan/archiv/a/am_schwarzen_see/（ドイツ語版）

http://www.deutschestheater.de/english/schedule/archive/b/by_lake_schwarzer_see/（英語版）

〈日本語論文――オープンアクセスで閲覧いただける拙稿〉

●デーア・ローアーと二十一世紀のドイツ戯曲（『上智大学ドイツ文学論集』第四七号、二〇一〇年、一六一－一七八頁）

http://repository.cc.sophia.ac.jp/dspace/handle/123456789/31283

●デーア・ローアー『無実』－叙事的話法としてのポリフォニー－（『上智大学ドイツ文学論集』第四八号、二〇一一年、九九－一一六頁）

http://repository.cc.sophia.ac.jp/dspace/handle/123456789/33895

●現代ドイツ語圏戯曲と翻訳上演 ―デーア・ローアー『タトゥー』日本初演を中心に―（『上智ヨーロッパ研究』第四号、二〇一一年、四一―五五頁）
http://repository.cc.sophia.ac.jp/dspace/handle/123456789/33947

●「テクスト演劇」の可能性 ―デーア・ローアー『無実』の演出から―（『上智大学ドイツ文学論集』第四九号、二〇一二年、一七九―一九八頁）
http://repository.cc.sophia.ac.jp/dspace/handle/123456789/34867

●ドイツ演劇の現在　国際演劇協会―『ドラマリーディング・ドイツ編』より（『ソフィア』第六十巻第二号、二〇一二年、五一―六五頁）
http://repository.cc.sophia.ac.jp/dspace/handle/123456789/34823（二〇一四年十二月公開予定）

【著者紹介】
Dea Loher〔デーア・ローアー〕
1964年バイエルン州生まれ。ベルリン芸術大学で上演台本を書き始め、92年『オルガの部屋』でデビュー。次作の『タトゥー』（92年）、『リバイアサン』（93年）では、演劇専門誌テアター・ホイテの年間最優秀新人劇作家に選ばれる。ミュールハイム市演劇祭では、93年ゲーテ賞（『タトゥー』）と98年劇作家賞（『アダム・ガイスト』）、2006年ブレヒト賞受賞。残酷と滑稽、グロテスクとユーモアが交錯する人間のありようを見据える目線、現代詩のようにミニマルでリズミカルな語りでイメージを掻き立てる独特の劇的言語は、世界的にも評価が高い。2008年『最後の炎』で再びのミュールハイム市劇作家賞、テアター・ホイテ誌年間最優秀劇作家に。2009年ベルリン文学賞他、演劇・文学分野での受賞多数。2010年『泥棒たち』はベルリン演劇祭招待作品。

【訳者紹介】
三輪 玲子〔みわ・れいこ〕
ドイツ演劇研究。訳書にハンス＝ティース・レーマン『ポストドラマ演劇』（共訳、同学社）、エリカ・フィッシャー＝リヒテ『パフォーマンスの美学』（共訳、論創社）、フランツ・クサーファー・クレッツ『衝動』、デーア・ローアー『タトゥー』、『無実』（論創社）など。上智大学教授。

村瀬 民子〔むらせ・たみこ〕
ドイツ文学及びドイツ演劇研究。論文に「ハイナー・ミュラーの創作における翻訳の可能性―シェイクスピア『お気に召すまま』翻訳をめぐって―」など。訳書にファルク・リヒター『崩れたバランス／氷の下』（共訳、論創社）。群馬大学、東洋大学他でドイツ語非常勤講師。早稲田大学演劇博物館招聘研究員。

泥棒たち／黒い湖のほとりで

2014年9月10日　初版第1刷印刷
2014年9月20日　初版第1刷発行

著者　デーア・ローアー
訳者　三輪玲子／村瀬民子
装丁　奥定泰之
発行者　森下紀夫
発行所　論 創 社
〒101-0051　東京都千代田区神田神保町2-23　北井ビル
tel. 03（3264）5254　fax. 03（3264）5232
振替口座　00160-1-155266　http://www.ronso.co.jp/
印刷・製本　中央精版印刷
ISBN978-4-8460-1362-2